異端な彼らの機密教室

一流ボディガードの左遷先は問題児が集う学園でした

Confidential Classroom for Heretics

1

泰山北斗
ill. nauribon

羽黒 潤
Haguro Jun
槐 幽々子
Enju Yuyuko
Age ▸ 16
Position ▸ 特殊工作員
Weapon ▸ スコーピオンEVO3（サブマシンガン）、
スローイングナイフ
Personality ▸ 飄々としたお調子者。
Age ▸ 19
Position ▸ ボディガード、執行官
Weapon ▸ HK45（ハンドガン）、
PMG.338（スナイパーライフル）
Personality ▸ 不遜で常識知らず。

新志 衣吹
Shinshi Ibuki
Age▸18
Position▸戦闘員
Weapon▸トーラス・レイジングブル M500（ハンドガン）
Personality▸バトルジャンキー。
桜ヶ平 青葉
Sakuragahira Aoba
Age▸17
Position▸狙撃手
Weapon▸MSG90（スナイパーライフル）
Personality▸クールで真面目。

「自分もいいッスよ？
せ、先輩になら
見られてもぉ……」

「あーしは別に構わねぇよ。見られたところで死ぬわけじゃあるまいし」
「構え、あほども」

「いいか？　質問に対しての返答だけをしろ。
それ以外は許さん」

「嘘の代償は、死ではなく
長く続く苦痛だぞ？」

葉隠　狐
Hagakure Kitsune
Age▸32
Position▸学園長
Weapon▸???
Personality▸???
千宮　ふうか
Sennomiya Fuka
Age▸18
Position▸オペレーター
Weapon▸ドローン
Personality▸勝ち気なインドア人間。

異端な彼らの機密教室 1
一流ボディガードの左遷先は問題児が集う学園でした

泰山北斗

GA文庫

カバー・口絵　本文イラスト
nauribon

Table des matières

C'est la vie. ――それが人生――

夜の波止場。爆発《ばくはつ》して崩れた倉庫を背後に、怯《おび》え切った男の前に立つ。

「なんだ、なんなんだ！　お前らはっ！」

逃げ場を失い、息を荒らげた男がコンテナを背に発狂する。

「オレたちはただの、国の犬の下で働く……そう、野良犬だ」

自分の口から飛び出した言葉ではあるが、野良犬とは言い得て妙だと失笑する。

「俺《おれ》たちはまだ何もしてないだろっ！　なんで……なんでこんなことに」

ふむ、暴力団員の口から出る言葉だとは思えないな。

もはや半狂乱の男の耳には届くまいと悟りながらも、オレは素直に理由を口にした。

「貴様らが狙《ねら》われたのは武器の密輸の件だ。数分前のことだ、身に覚えはあるだろう？」

「知るか！　くそっ、くそっ！　なんでなんでなんでッ！」

オレはその男といくつかの問答をした後、握ったナイフで男を殺し、別部隊に死体の回収を命じて撤収のため作戦指揮車へと向かった。

作戦指揮車には、既にチームの連中が集まっていた。

誰《だれ》も彼も、年端もいかぬ学生服の少女たち。そんな少女たちが手にする銃が、言葉を介さずとも普通の人生を送っている女学生ではないことを雄弁に物語っている。

『タイムオーバーだ。A班は帰投しろ。……フィクサー、説教は後にしてくれよ』

無線から聞こえる眠たそうな声が、これから起こりうることを予見して、咎《とが》めるように急《せ》かして言ってくる。

「分かっている」

苛立《いらだ》ちを隠そうともせず、車を走らせる。

国の裏側で汚れ仕事を担う少女たちは、上からの命令で現場へ赴き、ただ淡々と仕事をこなす。

国家のお偉方に野良犬と揶揄《やゆ》され、防衛省の下部組織であり国防装置ですらない国家の暴力装置である彼女たちは、生死に関係なく一切《いっさい》記録に残らないゴーストだ。だからこそ機能する装置ではあるのだが。

……嫌になる。

なぜオレが、未熟な学兵たちのお守りをする事になったのだろう。

いや、考えるまでもなく、人生とはそういうものなのだ。

ここに左遷される事も含めて、全《すべ》てマスターの思惑通りなのであれば、オレが異を唱える事など不可能であり、その必要もない。

オレは道具だ。振るえば壊し、構えれば身を守る盾になる攻防一体の道具。

「1週間前の戦いで得た結果も、マスターの思惑通りだったんだろうな」

独《ひと》り言《ご》ちて、左遷される原因となった作戦のことを思い出した。

1

1週間前。

オレはイラクで突発的に発生したテロの鎮圧現場にいた。

もっとも、戦線に参加するのが目的ではない。

自衛隊特殊作戦群の元指揮官であり、防衛省の要人でもあるマスターのボディガードという名目で、作戦司令室に同行していた。

マスターの名は葉隠狐《はがくれきつね》。白い髪に白い肌、狩人を彷彿《ほうふつ》とさせる吊《つ》り目を携えた女性。名前も相まって、表情からは白い狐のような狡猾《こうかつ》さが見て取れる。

そんな彼女は微動だにせず、ただ目の前で繰り広げられるものを見下していた。

「クソッ！　なぜこの鎮圧作戦が3週間も続くんだ！」

小太りの指揮官が丸まった拳《こぶし》で机を叩《たた》く。

「仕方ない。敵の人員、装備、練度。どれを取っても当初の見込みを軽く超えているのだ」

筋肉質な高官は冷静に現状を報告する。慌てるような素振りは微塵《みじん》も感じない。

「そんなものは諜報部の言い訳に過ぎん！　これは諜報部の失態だ！　米海兵隊を投入していながら、なんたる無様！　特殊作戦群が人質救出を手早くやってのけた意味がなくなるではないか！　直ちに作戦を捕縛から殲滅《せんめつ》に切り替えろ！」

「日本人はせっかちがすぎる。このテロは国際指名手配中のテロリスト、ジャックの傘下が起こしたテロだ。奴《やつ》は今や世界の脅威。手遅れになる前に情報は絞るだけ絞らねばならん」

かれこれ1時間この調子だ。何も進まない議論を繰り広げる2人を、マスターは口も挟まずただ傍観していた。ともすれば興味を失って眠っているのでは？　と思うくらい静かに傍観していた。

「一体いつまで、この眠くなる問答を続けるつもりなのかね？」

突然マスターが挑発的な口調で議論を強制的に止め、机の上に肘《ひじ》を乗せて指を組む。女だてらにその振る舞いには、誰にも気圧されぬ貫禄があった。

2人は揃《そろ》って口を止め、マスターを睨《にら》みつける。オレは2人を睨み返した。

「……口を慎め葉隠。貴様がこの議論を止めていい身分だとでも思っているのか？」

「これは失敬。全く進まない議論と呼んだ駄々のこね合いに嫌気が差したもので、つい」

挑発的な意味合いも含め、オレも失笑を漏《も》らす。

小太りの指揮官はこめかみに血管を浮ばせながら机を叩いた。

「貴様ら！　この私を虚仮《こけ》にするかッ！　そんな態度を取るくらいだ、この膠着《こうちゃく》を破る策があるんだろうな！」

「膠着を破るだけでなく、このテロを終わらせて見せようか？」

「……具体的な策は？」

筋肉質な高官が訊《き》くと、マスターは口角を上げ嗤《わら》う。

「策を凝らす必要はない。単純に私の虎の子、この羽黒潤《はぐろじゅん》を投入するだけでいい」

「ふん、一介のボディガードに何ができる？　下手をすれば損害が大きくなるだけだ」

「お得意の責任の所在探しか。よかろう、羽黒潤を投入したことで発生する損害の責任は私が持とう。それで文句はあるまい？」

責任という言葉に弱い大人２人を黙らせると、マスターは立ち上がり、ただ一言。

「できるな？」

と言った。

たった一言のその命令に、オレは命を賭《か》けられる。そう作られている。

「マスターのオーダーであれば、喜んで」

彼女は満足そうに笑うと、オレの肩に手を乗せて作戦司令室を後にする。

そしてオレも、命令を遂行するべくマスターの後を追った。

2

無骨なコンクリートの壁に覆《おお》われた建物に、甲高い銃声が響く。

『予想以上に多いな。武器も人員も』

『大佐、退路は確保できています。一度引きますか？』

オレは突入部隊と共に建物内に侵入したが、侵攻は遅々として進まなかった。

理由は大佐と呼ばれた海兵隊員、ケネス・Ｄ・トーマスが退路の確保に重点を置き過ぎているからである。よく言えば慎重、悪く言えば臆病。作戦自体は悪いものではないはずだが、とにかく大佐の指揮に無駄が多過ぎた。

まるで、わざとゆっくり進行しているようにすら思えるほどだ。

『上も焦《じ》れてる。これ以上時間はかけたくないが、仕方ない』

このままでは撤退命令を出しかねない。マスターが責任とともにこのテロを終わらせると宣言したのだ。撤退などあり得ない。

「突破する。撤退はするな」

無線でそれだけ言うと、どうせ反対であろう返事も聞かず、通路に飛び出した。

状況は、正面に大佐たちに引き付けられているテロリストが４名。全員がアーマーを装備し、サブマシンガンで武装している。膠着を見越していたオレは、裏取りして敵の側面を取れている状態。

手にあるのは【グロック26】と【M9コンバットナイフ】だけ。この装備で突破は困難だ。

「まあ、何一つ問題はないわけだが」

近接戦闘に特化した【CARシステム】という、拳銃を斜めに傾けて両手で構える射撃姿勢で一気に距離を詰める。

「て、敵だッ！」

銃口を向けられるよりも早く、近くにいたテロリストの足を打ち抜き、膝《ひざ》をつかせて顎《あご》の下からナイフを突き立てる。１人目が即死。

そのまま死体を抱えて盾にし、盾越しにグロックを撃ちまくる。

３発が顔に穴を作り、血を吹き出して２人目が倒れた。

仲間が死んだことで、恐慌状態に陥《おちい》ったテロリストが、【ＡＫＳ７４Ｕ】を乱射。

銃弾は通路に飛び散り、いくつか跳弾するもその尽《ことごと》くが壁に呑み込まれる。

グロックに装填《そうてん》されている残りの弾で太ももを撃ち抜き、蹲《うずくま》るように姿勢が低くなった瞬間に頭を摑《つか》んで膝蹴《げ》りを入れる。こいつは戦闘不能だろう、と最後の１人に視線を移すと同時に弾倉が空になったグロックを投げつける。

それは吸い込まれるように鼻にクリーンヒットし、テロリストをよろめかす。その一瞬を見逃さず、接近してナイフを首に突き立てる。

グロックを拾い、リロードして膝蹴りで倒れていたテロリストの頭に発砲する。

間を空けて、安全を確認してから、無線に話しかける。

「クリア」

僅《わず》か10秒にも満たない鏖殺《おうさつ》の後、トーマスが近づいてきた。

「いい腕だ。ジャパニーズにしてはなかなかやる。勇敢なようだな小僧」

顔を見ずともトーマスが皮肉を言っていることが分かる。

「ハーフだ」

「……は？」

「オレは日本人とフランス人のハーフだ。親の顔は知らんがな」

「聞いてねぇよ」

理由は分からないが、トーマスの内に怒りの感情があることはなんとなく察した。

一触即発の雰囲気を感じ取ったのか、部下が間に割って入る。

「ま、まあまあ、大佐、これで先へ進めます。今日中には終わって欲しいんですが」

「そういえば、お前はもうすぐ娘が生まれるんだったな」

「はい。この手で抱きかかえるのが夢であります」

「気を付けろ。任務中にそういうのを口にする奴は、大抵死ぬらしいぞ」

「イエッサー。私の口にはジッパーがついてます」

敵地を進んでいるというのに、緊張感の欠片《かけら》も感じられない。

戦場での軽口を咎めはしないし、常に気を張れとは言わないが、遠足気分で来るのはやめて欲しいところだ。

「退路の確保のために、この通路にも人員を配置するか」

トーマスの発言に対し、流石《さすが》に口が出た。

「おい、突入部隊をそこまで分ける必要があるのか？　流石にこれ以上人員を割けば侵攻速度が落ちるだろう。愚策でしかない」

「あ？」

トーマスの判断に異を唱えると、摑み掛かる勢いで詰め寄ってくる。

「隊長は俺だ。俺が命令を下し、お前はその命令を守れ。それが軍隊だ、分かったか小僧」

「まず、オレは軍人ではない。故に妥当と判断できないお前の命令は聞けない」

「テメェは戦場を遊び場と勘違いしてんのか？　命令を聞けないガキは死ぬ世界だ！」

「遊び場？　確かにこれだけ緩い戦場では、遊び場と勘違いしてしまいそうになるな。だが、遠足気分なのはどっちだ？　3週間も続く理由が分かったよ」

オレは睨み合いを放棄し、代わりに嘲《あざけ》る。

こいつと一緒に行くくらいなら、背中を撃たれるリスクを取ってでも単独行動をした方が遥かに早くこのテロリストを殲滅できると断言できる。

「なら、1人で突っ込んで勝手に死ね！」

「それは命令か？」

「どうせ隊長の命令も聞けねぇんだ。いないほうがマシだ」

願ってもない命令だ。

本来マスターの命令でしか動かないが、これは利用させてもらうとしよう。オレが勝手に突っ込むことに関して、ある程度の責任をトーマス自ら負ったのだから。

「分かった。後から、仲良くゆっくり来るといい」

3

「は、話が違う……」

「話？　誰と勘違いしているのかは知らないが、心当たりが無いな」

胸から夥《おびただ》しい量の血を流したテロリストが崩れ落ちる。

「クリア。さて、ここが司令室のようだが……」

惨憺《さんたん》たる部屋の様子を一言で表すなら、死屍累々《ししるいるい》という言葉がピッタリだろう。

司令室らしき部屋には6人のテロリストがいて、急ピッチで何かの梱包《こんぽう》作業を行っていたようだ。

血に濡《ぬ》れた床を歩き、梱包されていたものを拾い上げる。

「……ドラッグか。これがテロリストの資金源か？　ジャック……いや、イエローアイリスとの繋《つな》がりは無さそうだが」

中身は黄色い液体が入った注射器だった。

幼少の頃にこの手の薬品の講義を受けたことがあるが、正直言って全く分からない。

オレは二度と薬品を調合するな、触るな、見るなとまで言わせしめた男だ。そんなオレに目の前の薬物が何であるかなど、理解できるはずもない。

「後は回収させれば、上が勝手に解析するだろう」

しかし解せない。

突発的なテロにしては人数が多かったし、装備も粗悪品ばかりではなかった。

だが、それでも3週間も耐えられるほどとは思わない。

練度も低く、統率も取れず、連携もお粗末なテロリスト相手に、天下の海兵隊ともあろう者たちが3週間もかかるとなれば、流石に誰かの暗躍があると見て間違いないだろう。

「どういうことだ……！」

そんな声に振り返ると、トーマスと部下が室内を見て驚愕《きょうがく》の表情を浮かべていた。

「なぜ殺した⁉」

いきりたつトーマスに、オレは答える。

「オレに与えられたオーダーはこの戦場を片付けること。そしてお前にも突っ込めという命令を受けた。完璧《かんぺき》に遂行したわけだが、何か問題があるのか？」

「これでは情報は、期待できないでしょうね」

部下がしゃがみ込んで、倒れた死体、破損したパソコン、血に染まった書類と目を滑らせていく。確かに情報が得られそうなものは残っていない。

トーマスの部隊は、情報を欲しがっていた筋肉質な男の部下であるため、完璧とは言い難《がた》い結果なのだろう。

「一応断っておくが、銃を乱射して部屋を滅茶苦茶にしたのはオレじゃなく、テロリストの方だ。だが、これだけは傷一つ付かずに残っていた」

先程のドラッグを投げて渡すと、「これは？」と聞いてくる。

「知らん。何かの薬品ではあるだろうがな」

「……それも回収しておけ。一応そのドラッグの回収も目的の1つだ」

「そうだったんですか？　ちなみに中身は……？」

「それは、俺も聞かされていない。少なくともクリーンなものでは無いだろうな」

トーマスは死体の近くにしゃがみ込み、ポケットを漁ったりしている。少しでも情報を得ようとしているのだろうか。いや、そんなことはどうでもいい。

「ともかく、これで鎮圧は完了だな」

「……ああ、ドラッグを回収してすぐに撤退だ」

トーマスの言葉には、喜びも、怒りも、覇気もなく、ただの少しも感情が宿っていなかった。まるでこの結果に絶望でもしているかのように。

4

「なんてことをしてくれたんだッ！」

帰って早々司令部に呼び出されたオレは、筋肉質な高官の罵声《ばせい》を浴びていた。

「クソッ、貴様など投入しなければッ……」

「私が羽黒潤を投入しなければ、さらに時間がかかっていただろう。迅速にテロリストを処理し、部隊に損害を出さず全員と戻ってきた。充分な戦果だ」

「ふん、ようやくこのテロも終わりか。ご苦労だったなボディガード」

小太りの指揮官は満足げだったが、筋肉質な高官は未《いま》だ怒りで肩を震わせている。

「ジャックに繋がる情報は少ないんだ！　取れるところで情報を得られなければ、取り返しの付かないことになるかもしれないんだぞ！　分かっているのか!?」

「収穫がなかったわけではなかろう。あのドラッグも情報であることに違いはない」

解析はまだ済んでいないらしいが、それも時間の問題だろう。アメリカに輸送され、製法や原材料、効果を徹底的に調べるというが、それが分かったところでなんだというのだろう。

「葉隠狐、羽黒潤。貴様らの行動は全て上に報告させてもらう。もう好き勝手は許されんぞ」

「好きにしろ。責任を取ると言ったのはこの私だ」

マスターはここにはもう用はないと言わんばかりに立ち上がり、司令部を後にする。

オレも背中を追うように付いていき、立ち止まったマスターの背後に立つ。

「さて、今回もご苦労だった」

「全てはマスターの意のままに。それがオレとマスターの間に成り立つ契約だ。契約は何よりも遵守され、故にオレは決してマスターを裏切らない」

「ああ、分かっている。ところで、今回のテロの件で何か気づいたことはあるか?」

どういう意図での質問かは分からないが、意図を考える必要は無い。

オレはマスターの道具であり、道具は求められたことに応《こた》えればいい。道具は思考せず、ただひたすらに使用者に従順だ。

「少なくとも、3週間も戦闘を続けられるほど、テロリストの練度は高くなかった」

「だろうな」

「予測していたのか。流石だな」

その事実を誇るでもなく、マスターは話を続ける。

「奴が上にどう報告するかはなんとなく分かっている。私は恐らく、今回の件で日本へ強制送還され、左遷先での新しい役職と任務が用意されているだろう。貴様も来るか？　羽黒潤」

推測を語っているだけのはずなのに、その言葉には説得力があった。

もし仮に左遷されるとしたら、この人にはどういう意図があるのだろう。

オレがどれだけ思考を巡らせようと、マスターの神算鬼謀《しんさんきぼう》には届かない。その事実が何より誇らしかった。

マスターの側《そば》にいられればオレは何処《どこ》へでも行くし、命令次第で殺し、死ぬ。何も躊躇《ためら》いはない。

「ああ、付いていく何処へでも」

「だろうな」

マスターがいれば、他に何もいらない。

オレの全てはマスターの物。

オレの信頼も信用も、全てはマスターにだけ捧げられるべきものだ。

これまでも、そしてこれからも。全ての感情が暗示による刷り込みであろうと。


それが、オレの人生だ。

Nouvelle vie. ——新たな日常——

マスターの言う通り、１週間ほどで異動命令が下された。

つまりは左遷されることも含めて、全《すべ》てがマスターの思うがままということが証明された。

この人はどこまで先を見て行動しているのかと、時折怖くなる。

それはさておき、新たな役職は日本の学園での最高責任者。

日本の学園と言っても、マスターの職場なのだから言うまでもなく普通の学園ではない。

防衛省直轄。埋立島の軍用施設。と聞けば異質さが少し見えてくるだろう。

学園の名は、【紫蘭《しらん》学園】。

存在自体は秘匿されていないものの、対外に発信している情報は特別職養成校という名目だけ。実際は本土での学校生活に重大な支障をきたした者たちが集められた、厄介者の箱。

そして、異質さの原点はマスターから渡された書類に書いてある。

「ここでの貴様の立ち位置だ。把握しておけ」

そこには、この学園において試験運用されている、紫蘭学園の学生で構成された特殊部隊のことが記されていた。

部隊の名は【ＳＤＦ《ストレイドッグスフォース》】だそうだ。日本語訳では野良犬部隊。

「国の犬と揶揄《やゆ》される上の連中が、どこまでも責任を持ちたくないからつけた名前だろうな、飼い犬ではなく野良犬と名付けたのは。まるで二流のレトリックだ」

心底面白《おもしろ》くない、という内心が透けた笑い声を聞きながら、手元の書類に視線を落とす。

「部隊の執行官《フィクサー》か。オレに学兵の面倒を見ろと言うのか？」

フィクサーの仕事は、運用する特殊部隊ＳＤＦの作戦時における現場指揮官だ。

学園長、つまりマスターの命令を受けて現場に赴き、国の脅威となりうる危険分子を始末する。日本においては存在自体が非合法な、汚れ仕事を担う部隊。

オレの仕事内容は、紫蘭学園の学生として在籍しながら、学兵とともに国に仇《あだ》なす敵を排除することと、失敗した時の全責任を負わされる役というわけだ。

失敗しないためには、学兵の訓練の面倒も見なくてはいけなくなるだろう。面倒な話だが。

「不服かね？　貴様には断る権利もあるんだが」

「……いや、命令に異議は挟まない」

「よろしい。フィクサーは各部隊に1人、作戦情報支援担当は他にいるが、非常時はフィクサーの判断だけで事を進める必要も出てくるだろう。それに、命令の遂行に関しある程度の自由が効く。まあ頭の片隅にでも留めておけ」

マスターは異動の詳細が書かれた書類を、まるで汚物でも摘み上げるが如《ごと》く持ち上げ、シュレッダーに押し込んだ。その様子を尻目《しりめ》に、オレは書類を机の上に放って、珈琲豆《コーヒー》などの嗜好《しこう》品を棚に並べ始める。

「学園長か……この埋立島の全権を握るとはいえ、退屈そうな職場だ」

「想定通りでは無いのか？」

「私は超能力者でなければ、未来視もできん普通の人間だよ。買《か》い被《かぶ》りすぎだ」

マスターは高価そうな椅子《いす》に深く腰掛けると、外を眺めながら溜息《ためいき》を吐《つ》く。オレも窓の外の青空や陽《ひ》を反射する海、授業で校庭を走る体操服の学生を見て、ふと思った事を口にした。

「日本は平和だな。銃声がしない」

「仕事の合図のような銃声が恋しいと？　貴様、それはワーカホリックというんだ」

「恋しいと言った覚えはない。だがまあ、退屈そうではある」

人生に潤いというものを求めているわけではないが、どうもここにいては腕が鈍ってしまうような気がしてならない。

「これからいくらでも時間はある。楽しみ方は自分自身で見つけたまえ」

マスターはしっかりと目を合わせて言った。

「楽しみ方か……そうだな、見つける努力はしてみよう」

暗に見つかるわけがないと決めつけた上での言葉だったが、マスターは口許にだけ笑みを浮かべると満足そうに椅子をしならせた。

「ああ、それでいい」

ふと、会話が途切れる。

その刹那《せつな》のタイミングを狙《ねら》ってか、もしくは偶然か、コンコンコンと扉がノックされる。

「入りたまえ」

「失礼しまーす」

マスターが許可を出すと、間髪いれず間延びした声と共に女性が入ってくる。

歳《とし》は20代前半、茶髪を肩のあたりで遊ばせ、明るい色のスーツを着こなし、タイトなスカートの下にはタイツに包まれた形のいい脚が伸びている。

「初めまして。新学園長、と、そちらが羽黒潤《はぐろじゅん》くんね？　私は、あなたが所属することになる実働A班担任の海老名詩織《えびなしおり》よ。気軽に海老名先生と読んでね？　羽黒くん」

その海老名詩織という女教師を見た第一印象は、「柔和だが、尻《しり》の軽そうな女」だった。

「葉隠《はがくれ》だ。自己紹介という文化が嫌いなのでな、適当に呼んでくれて構わんよ」

「羽黒潤だ。ところで詩織、聞きたいことがあるんだが？」

「……気軽に海老名先生と呼んでね？　あなたは形式上、私の担当する生徒なんですから」

そういえば書類にそんなことも書かれていた気がする。

フィクサーという特殊な役職でこの学園に来た以上、生徒でなければボディガードとしての任を果たせないわけではないはずだ。

「何、ほんの戯れだ。あまり気にするな」

思考が読まれたのか、という絶妙なタイミングでマスターが言った。

ほんの戯れというが、遊びや気晴らしでそういうことをする人物ではないことをオレは知っている。つまり何らかの思惑があってのことなのだろう。

「……？　と、とにかく、教えを乞う立場である以上、言葉遣いは……」

「そうだな。よろしく頼む、詩織」

「……聴覚に異常があるのかしら？」

「聞こえなかったわけではないぞ詩織。実働A班と言うことは他にも実働部隊があるのか？」

「はぁ？　……羽黒くん、あなた、書類は読んだ？」

チラと机の上に置かれている書類に目をやってから責めるように聞いてきた。

「書類は面倒でな。読んでない」

「……はぁ、いるわよね、そうやって取扱説明書も読んでないのに電源入らないってクレーム入れるタイプの人。説明を求める前に読んでくれないかしら。そのための資料なんですけど？」

ふむ、真っ当な意見だ。しかし面倒だ。どうしたものか。

そんな思いが詩織に通じたのか、詩織はそれはそれは大きな溜息を吐いた後、手に持った名簿を渡してくる。名簿にはオレを含め４人の生徒だけが記されている。

「現場で特別な任務をこなす班はいくつかあるけれど、直接手を下すのは羽黒くんの班ともう

2つだけ。普通の人は直接手を下すことにどうしても忌避感を抱くから」

詩織の話を片耳に入れつつ名簿に目を通していくと、噂《うわさ》程度ではあるが知った名前があった。

プロの現場でも一定の成果を上げている人間だ。まさかここの学生だったとは。

ある程度目を通した後、詩織に1つ質問をした。

「ついでに聞くが、詩織は処女か？」

「ついでとんでもないこと聞いてくるわね⁉　それ聞いて何か意味ある⁉」

詩織は自らの身を守るかのように抱きしめ、大きく距離をとった。

「初対面で歳上《としうえ》の女にはまず処女かどうか訊《き》けと教わったからな。意味は特にない」

まだマスターと出会う前、オレに戦闘技能の多くを叩《たた》き込んだ人間に教えられたことだが、どうやらスベったらしい。

「気にしないでくれたまえ。そいつはそう言う男だ」

「デリカシーをどこかにおいてきたのかしら」

「そいつは生まれた時から、デリカシーなど存在しておらんよ」

マスターが呆《あき》れたような視線を向けてくる。年齢や体重を聞くよりもよっぽどデリカシーに溢《あふ》れていると言われたのはどうやら嘘《うそ》らしい。本気で信じていたわけではなかったが。

「時間も時間だし。そろそろ教室に移動しましょうか。自己紹介は大事ですから」

「ああ、案内を頼む」

皮肉めいたことをマスターに浴びせて歩き出すも、詩織はすぐに立ち止まった。

「随分と生意気な口の利《き》き方ね。いい加減歳上は敬って欲しいのだけれど？」

くるりと振り返って人差し指を立てたポージングでそんな事を言ってきた。実にあざとく、見ていて痛々しい。尻が軽いと感じたのはこういう所を本能的に悟っていたからだな。

「そうか、ここは日本だった。郷に行っては郷に従えと言うやつか。すまなかった」

そういえばマスターから聞いたことがある。日本は歳上というだけで、無条件に敬わせようとする老人国家であると。

「あら、意外と素直ね。じゃ、言ってみて？　海老名先生って」

顔を綻《ほころ》ばせた詩織の前の扉を開け、「お先にどうぞ」と誘導ジェスチャーを取る。

「では行こうか。海老名おばさん」

……ふむ、場が凍るとはこういうことか。心なしか体感温度が下がった気がした。オレが熱帯魚だったら死んでるレベルで下がったな。

「……呼び捨てを、許可するわ」

「そうか、さっさと行くぞ、詩織」

「私、この子苦手……」

「初対面の柔らかそうな印象がとうとう無くなったな」

「誰《だれ》のせいでしょうね」

「心当たりがないな」

「ほんと、この子嫌い」

完全に嫌われる前に、いくつかフォローしておいた方が良さそうだな。

1

ガラッと扉を開ける。

教室の中を見渡すと、名簿で見たばかりの3人の少女が一斉にこちらを向いた。

今日の空に溶け込んでしまいそうな水色の髪の少女は、読書中の本から顔を上げる。

中央の最前列に陣取るクリーム色の髪の少女は、音を出さない控えめな拍手をしている。

目つきの悪い長身で黒髪の少女は、廊下側の最後列で突っ伏して寝る体勢に入った。

「はい注目。まずは自己紹介から」

「今日からこのクラスのフィクサーになった、羽黒潤だ」

シンとしている。ピリピリと張り詰めるような空気感が肌に纏《まと》わりついた。

歓迎されていないことは明らかだ。しかもこの少女たちからは纏まりが感じられず、まるで昨日今日できた急造のチームだ。

「はいはいはい、ちょっといいかしら？　あなたたちも自己紹介くらいしなさい」

詩織が場を纏めようと手を叩きながら言う。

「失礼ですが、書類に目を通したのであれば自己紹介は必要ないと思いますが？」

水色の髪の少女が口にし、黒髪の少女は起きる気すらない。

そんな中、目の前のクリーム髪の少女は徐《おもむろ》に立ち上がった。

「潜入諜報暗殺まで、なんでもござれ！　特殊工作員、忍者娘の槐《えんじゅ》幽々子《ゆゆこ》ちゃんッス！　よろしくッス、先輩」

手を見せない長い袖《そで》、トロンとした垂れ目、髪は綺麗《きれい》に癖《くせ》がつき一種の髪型として成立している。弛緩《しかん》し過ぎて、この世に存在しているか怪しくなるような錯覚すら感じる、不思議な存在感だ。主張は強いのだが、このギャップがそう思わせるのだろうか。

「きらっ☆」

決めポーズ！　と言わんばかりに目の横にピースを持ってくる。普段ならふざけた奴《やつ》だと一蹴するのだが、腹立たしいことにこの少女、槐幽々子には実力と実績がある。

噂に聞く槐幽々子は、テロ組織が潜伏した建物や、時にはテロ組織そのものに潜入し、必ず成果を上げる敏腕の工作員。

ワイヤーを使用した暗殺や、天井《てんじょう》すら足場にする体術など卓越した技術の持ち主。

……であることは風の噂で知っているのだが、それよりも気になることがある。

「忍者娘？」

「そう！　何を隠そう、自分はあの風魔小太郎の血筋ッスからね！」

「……そうか。それと、先輩とはなんだ？」

「今露骨に話題変えたッスね。まあいいッス。自分はこのクラスでも一番歳下ッスから、歳上の人はみんな先輩って読んでるッス」

聞き慣れない呼び方をされてつい聞き返したが、日本における敬意の籠《こも》った呼び方だと言う認識に間違いはなさそうだ。つくづく、日本は歳上というだけで敬わせるんだな。

「それで、他に自己紹介をする奴はいないんだな」

一応聞いてみるが、誰も目を合わせようとはしない。

なら、と幽々子に目を向ける。

「幽々子、お前の主観で構わん。奴らの紹介を頼む」

「らじゃッス」

オレが提案すると、幽々子は悪戯《いたずら》っぽい笑みを浮かべて、わざとらしい咳払《せきばら》いを1回すると左手を伸ばした。

「右手に見えますのは。我らがクラスの狙撃手、桜ヶ平青葉《さくらがひらあおば》先輩ッス。自分はアオちゃん先輩って呼んでるッス。性格はクール。見ての通り読書が好きで――」

わざとらしく区切ると、幽々子は嘯《うそぶ》いた。

「今読んでる本のタイトルが【禁断の主従関係、淫欲の】――」

「ちょ！　なんで知って……ッ！　あっ、違っ……読んでません！　そんな本読んでませんから！」

ガタッと大きな音を立てて椅子を引き、桜ヶ平青葉とやらは立ち上がる。読んでるんだな。

青葉はこちらをキッと睨《にら》み、叫んだ。

「読んでませんから！　だから……その顔やめてください！」

「顔？」

特に笑みを浮かべていたわけではないし、なんなら表情を見られないように手で口許を覆《おお》っていたのだが、どうやら逆効果だったらしい。ここはフォローした方がいいのか？

「……いい趣味だな」

「感心しないでください！　誤射《ごしゃ》しますよ！」

誤射すると宣言して誤射するのはもはや誤射ではないのだが……。

しかし、最初見た時は彫刻のような動かない表情かと思ったが、なかなか表情が豊かだ。

クールな青葉は、今では顔を赤くして幽々子に詰め寄っている。

「えー、最近の悩みは胸のせいちょ……むぁ！」

「もういいです！　槐さんは黙ってなさい！　自分で自己紹介しますから！」

「ら、らじゃッス」

それ以上は言わせないとばかりに幽々子の口を押さえ、席に座らせた青葉は何事もなかったかのように直立し、ゴホンとわざとらしく大きな咳払いで区切った。

「桜ヶ平青葉です。職務上あなたは上官ですが、間違った命令に従うつもりはありませんし、学園生活においても仲良くするつもりはありません。兵科は狙撃手です」

前髪はヘアバンドで押さえ、腰程まで伸びる水色の長い髪を翻《ひるがえ》し、腕組みポーズで自己紹介をする。警戒心の表れか細められた目からは、金糸雀《カナリア》の羽のような瞳《ひとみ》が覗《のぞ》いている。

その姿は、まるで職人が手ずから造った精巧品のよう。

だが、幽々子と並んでみると、なるほど身長だけでなく色々と負けていること分かる。

「まあいいだろう。……最初からそうしていれば余計な傷を作らずに済んだのにな」

「何の事でしょうか⁉」

どうあってもあの出来事は無かったことにしたいらしい。

これ以上弄《いじ》るとオレの記憶を消すために殴りかかってきそうな勢いだ。ひとまず忘れてやることにしよう。

「で？　未《いま》だに寝たふりを続けるお前はどうだ？」

黒髪の少女に声をかける。

「……ちっ」

少女は立ち上がった衝撃で椅子を倒し、左手を腰に当ててモデルポーズをとる。青葉の腕組みと同様、おそらく無意識だな。

「新志衣吹《しんしいぶき》。アタッカー」

立ち上がった衣吹の身体《からだ》は、およそ少女とは呼べないほどにデカい。何もかもがデカい。

身長は１７０センチ後半、制服の上からでも分かる凹凸、しなやかで伸びやかな肢体、腹部にうっすらと浮かぶ腹筋。

敵対心が強いせいか、優しさを微塵《みじん》も感じ取れない鋭い目を浮かべている。

そもそも骨格のスケールが日本の成人女性とはまるで違う。紛うことなき兵士の肉体。

衣吹という少女には、惚《ほ》れ惚れするほどに狂犬という言葉がぴったりだった。

「機嫌が悪いな。あの日か？」

「……ｐｏｒｒａ《クソ野郎》」

ポルトガル語か。訛《なま》りからして南米出身っぽいな。

「なるほど、口も悪いときたか」

「ちっ、言葉分かんのかよ。っていうかテメーも変わんねぇだろ」

衣吹は吐き捨てるようにそう言うと、さっさと教室を出て行った。

幼少時代のカリキュラムには語学もあったから、大体の国の言葉は分かる。

「新志さんはいつもああです。気にしないでいいですよ」

今更読書をする気が起きないのか、青葉が閉じた本の上に手を乗せて話す。

「いつもああでどうやって連携を取るというんだ」

「仕事はちゃんとする人ッスよ？　というか、あそこまで機嫌が悪いのも珍しいッスから、多分先輩が地雷踏んだんスね。デリカシーって言葉知ってます？」

「酷《ひど》い言われようだが、これでもデリカシーには自信がある」

「「どの口で」」

先程まで空気のようだった詩織でさえ、声を揃《そろ》えて呆れていた。

2

クラスの人間と顔合わせを済ませたオレはマスターに呼ばれて、部屋に案内された。部屋といっても使用されていない準備室のようなところだ。

「ここが貴様の部屋だ。好きに使ってくれて構わない」

学園の外に寮もあるのだが、マスターの側《そば》にいないとボディガードとして機能しないため、固辞したらこういう扱いになった。仕事の虫であるマスターが、仕事場たる学園長室に住む以上当然のことだ。

「マスターの部屋とはフロアが別のようだが」

「学園長室はこの真下だ。何かあれば窓から飛び降りてこい」

確かに怪我《けが》をするような高さではない。隣の部屋よりも早く駆けつけることができるという点では、これ以上ないポジションではある。流石《さすが》はマスター、発想が違う。

「なるほど、やりようによっては狙撃にすら対応できるということか。合理的だ」

「冗談に決まっているだろう。日本で狙撃による暗殺などそうそう起きんよ。この埋立島ごと学園の、ひいては国の所有物だ。そう簡単には近づけまい」

絶対に起きないとは言わないんだな。まあ、今は考えなくてもいいことだが。

思考を切って部屋の物色を始める。

部屋には仮眠室に通じる扉もあり、普通に生活するのに必要なものは揃っている。これなら寮に移らなくても問題ないだろう。

「ところで、羽黒潤」

「どうした、改まって」

フィクサーとしての業務の報告用に与えられたパソコンを起動しながら視線を向けると、机に腰掛けたマスターがスーツのポケットに手を入れて窓の外を見ていた。

視線の先には夕日で赤く染まった学園の塀の向こう側、少し小高い丘が見えるだけだ。

「奴らはどうだった？」

奴らとは、言うに及ばずクラスの連中のことだろう。

机の上に置かれたファイル。クラス全員の経歴を見ながら答える。

「技能についてはこれから見極めていくつもりだ。人としては、色々と終わってそうな連中という印象だが、現場で使えるなら何も問題はない」

「あのクラス全員……いや、この学園に来ざるを得なかった人間は、何らかの理由で普通の人生を送れない者たちなのだよ。くれぐれも扱いは間違えないようにしたまえ」

「その中でも特に頭のネジが緩んでいる奴らをまとめるのは少々骨が折れそうだが、そう時間はかからないだろう」

「ほう、その自信はどこから来るのかね？」

オレの答えが分かっているであろうマスターは、口の端を上げて訊いてくる。

改めて考えても、彼女らの過去の経歴を知った後でも、その答えは変わらない。

「そう言う手合いには事欠かなかったからな。慣れている、それだけだ」

「貴様の過去を考えるとそうだろうな」

「ネジが緩んでいる程度なら、必要に応じて締めてやればいい」

マスターは満足な答えが聞けたとばかりに肩を竦《すく》める。

しばらくタイピングの音が部屋に響く。その間マスターはジッとオレのことを見ていた。

「羽黒潤よ。私がなぜ、面倒くさい仕事を引き受けてまで日本に戻ってきたか分かるかね？」

突然そう切り出してきた。

正直言って、マスターがどれ程先を読んで行動しているのか、オレには分からない。ただ1つ言えるとすれば、必ず良い結果になると言うことくらいだ。

だが、マスターがこういう聞き方をしてくる時は、明確な答えを待っている時だけだ。

「……いや、マスターがどれだけ先を読んで、どれだけの人間を操《あやつ》って今の地位にいるのか、オレには分からない。少なくともオレがここにいる理由はマスターに仕えるためだ。それ以外に何もないからな」

思考の停止でもなく、熟慮の放棄でもない。ただありのまま、オレにしかできないことをやるためにここにいると、そう言った。

「貴様がここにいるのは、私との契約故か？　それとも幼少期に施された強力な暗示故か？」

「両方だ。主たるマスターの決定に、オレの意思の介在は必要ないし、もし介在しようものなら、暗示がオレの脳を焼き切るだろう。そういう仲間を、オレは何人も見てきた」

この思考回路こそが、暗示の影響を物語っているとは考えられない。結局強力な暗示に対抗できるのは、マスターが施したさらに強力な、契約という名の暗示だけだった。

「……1つ、アドバイスをしよう。学園生全員とは言わんが、せめてクラスの人間とは仲良くしたまえ。それくらいはできるだろう？」

やれやれと首を振りながら、マスターはアドバイスという名の疑問を落とした。

「命令ではないのか？　……意味が計り知れないが、了解した。善処しよう」

「期待しているぞ」

彼女がオレに何を望んでいるのか、具体的な答えはすぐには出せなかった。

思考に没頭し、ぬるま湯に浸かるような無駄な時間を過ごしたオレは、チャイムによって飛びかけた意識を覚醒《かくせい》させた。

考え続けても埒《らち》が開かない。ひとまずはマスターのアドバイスに自分なりの回答を以《もっ》て、行動を起こすことにした。

3

自室から出たオレは、学園内を探索していた。

目的がないわけではないが、目的を果たすためにどこへ行けばいいのか分からないからだ。

特に思案するでもなく歩き、曲がり角を曲がると同時、何かがぶつかってきた。

咄嗟《とっさ》に腕を伸ばし、ぶつかってきたものを摑《つか》んだ。

「っとと、すみません先輩。ありがとうございますッス」

「こっちこそ悪かったな。考え事をしていたわけではないが、ボーッとしていたようだ」

ふと、曲がり角でぶつかってくるような不注意な奴ではないはずだが、と考える。

「走っていたようだが急ぎか？」

「いえ、先輩がこの曲がり角を曲がってくる気配がしたので、ぶつかって運命的な出会いを演出してみようかと」

そんなことを嘯く幽々子を見て、疑問が解けてふむと頷《うなず》く。オレも日本に来る前にコミックで勉強をしたのだが、それでも幽々子の意図を咄嗟に汲《く》めなかったわけだ。失態だ。

「すまんな。助けたのは余計なお世話だったか」

「そうッスよ～。助けなければ今頃《いまごろ》、幽々子ちゃんの勝負下着が拝めてたのに、残念ッスね」

スカートをひらひらとはためかせながら煽《あお》ってくる。

「ああ、非常に残念だ」

「えっ……あの、一応言っておきますけど、冗談ッスよ？」

こいつはオレが本気で言っていると思ったのか？

「安心しろ。こっちも本気じゃない。半分くらいは冗談だ」

「おおう、そッスか。……半分……冗談に見えねーんスよね」

幽々子は半歩遠ざかった。引くな。

「現場で噂程度には先輩の事を知ってましたけど、冗談とか言う人なんスね。あははははは」

幽々子が向ける目には心なしか冷ややかなものが乗っている気がした。

いたたまれない視線を浴びてしまったので、ここは撤退するとしよう。

「オレはもう行くぞ。悪ふざけは程々にしておけよ」

「まああまあまあ、お急ぎでないならもう少し自分に時間使ってくださいッスよぉ～。イメージとは違ったッスけど、ちょっと親近感湧きましたしぃ」

囁きながら、がっしりと腕をホールドして離さない。

「……遊びたいなら歳の近い奴らがいるだろう。そいつらに遊んで貰《もら》え」

「自分は16歳、先輩は19歳ッスよね、じゃあ先輩も充分近いッス。だから遊んでください」

キリッとした顔で言ってくるが、後半のセリフのせいでだいぶ締まりは悪い。

こういう手合いは、本当に満足するまでオレを解放しないだろうことは理解している。

「はぁ……で、オレは何をすれば良いんだ？」

「お、遊んでくれるんスかぁ？　ヤッタァ！　何してもらっちゃおうかなぁ。……あ、逆に聞きますけど、先輩は先ほどまで何をしていたんスか？」

質問されてようやく当初の目的を思い出し、どうせならと訊く事にする。

「衣吹を探している。どこにいるか知らないか？」

素直に尋ねると、顎《あご》に手を当てて一瞬だけ考えた幽々子は、頭に拳《こぶし》を乗せて舌をチロッと出し、ウインクまでして嘯く。

「分っかんねぇッス！」

「さらばだ」

非常に腹立たしいポーズだったため、無視して探索を再開しようと思って歩き出すと、今度は腰にがっしりと抱きついてきた。

「だー！　冗談！　冗談ッスよ！　やだなぁ～、ニンジャリアンジョークじゃないッスか～」

意味が分からん。なんだ、ニンジャリアンジョークというのは。……まあいい。

「なら、衣吹の居場所を知っているのか？」

「……スルーされると辛《つら》いんスけど、まあ良いッス。ブキ先輩の居る場所は知らないッスけど、アオちゃん先輩がどこにいるかは分かるッスよ。アオちゃん先輩なら、ブキ先輩の居場所を知ってると思うッス」

訊いてきてと言わんばかりにチラチラとこちらを窺《うかが》ってくる。

何か思惑があるのだろう。面倒なことを要求されなければ良いのだが……。

「なら、青葉の居場所を教えてくれ」

「チッチッチ、口の堅さに定評のある忍者娘、幽々子ちゃんがただで教えると思うッスか？甘いッス、甘々ッスよ先輩！　教えて欲しければ、幽々子ちゃんを満足させてみるッス！」

面倒だな。頭だけ出して体は地面に埋めてやるか。

「なかなか酷いッスね」

「おっと、声が漏《も》れていたか」

「……本気じゃないッスよね？」

「はっはっは、まさか。……塹壕《ざんごう》は掘ったことがあるが、なかなか安心感があるものだぞ」

「なんスかその手の動き―― ひっ、ゴキゴキいってる！　物凄《ものすご》いゴキゴキいってるッス！」

露骨に面倒な顔を浮かべても、全く離れる気配のない幽々子に構ってやるしかないようだ。

まあいいか。予定とは違ったが、なぜか初対面から懐いている幽々子から計画を開始するのも悪くないかもしれない。

マスターの言葉に対する、自分なりの回答というやつだ。

マスターはクラスの人間と仲良くしろと言った。それはなぜか。

その方が現場においての指示が円滑に行えるからだと、オレは解釈した。

だが、生憎《あいにく》とオレは人と仲良くする方法など知らん。

その代わり、指示を円滑に行うにはもっと効果的な方法を知っている。

「で、結局何をしたら幽々子は満足するんだ？」

「そッスね……では1つ、簡単な勝負をしましょう！」

絶対的な上下関係を築くこと。とどのつまりは恐怖による支配だ。

そして、一度でも自分に向けられた恐怖が敵に向けられると知った人間は、恐怖した対象であるはずの人間に信頼を置くのだと、幼い時分に身をもって理解した。

オレにとって、この勝負は都合がいい。恐怖を与える方法はなんでもいいのだから。

「かくれんぼッス」

「かくれんぼか、まあよかろう」

「ありゃ、意外と素直ッスね。ルールは簡単！　制限時間は1時間。この校舎内のどこかに自分が隠れるんで、先輩が見つける。スタートの合図は自分がします。以上ッス」

幽々子はぐっぐっと準備運動をし、全身を伸ばし始めた。

「つまり、よーいどんで始めるのか?」

「そッスよ?」

何を当然のことを。とキョトンとする幽々子。まあそれでいいならオレに問題はないが、と了承する。

「でははでは、始めッス」

まるで幼子のようなにぱっとした笑みを浮かべた刹那。

――ボフッ、と風と煙が視界を襲った。

「ッ!　甘い!」

正直、ここまでするとは思っていなかったが、オレはすぐに手を伸ばし服を掴む。

グッと目が利く距離まで引っ張ると、それは幽々子の制服のベストだけだった。

なるほど、オレの反応の早さは先程ぶつかって助けられた時に確認済みというわけか。

「では、さようなら」

耳元で囁《ささや》かれ、そのまま走り去る足音が遠くなっていった。

「……はっ、やるじゃないか」

窓を開け、煙を晴らす。

広い校舎内。全力で隠れた幽々子を見つけるのは至難、不可能と言っても差し支えない。

「だが、好奇心は猫を殺すという。過ぎた好奇心は持たない方がいいんじゃないか？」

天井を見上げると、そこに張り付いた幽々子の姿がある。

どうやってかは知らないが、足音はブラフ。耳元での挑発も、廊下の前後に意識を向けさせるための罠《わな》。

それもオレには通じない。何事も見通す力はないが、何も見逃さない力は鍛え続けてきた。

「うっそ……ッ！」

明らかな殺意を滾《たぎ》らせて、胸ぐらを掴んで引き摺《ず》り下ろす。

人が恐怖を感じる瞬間は多岐にわたる。未知を前にした時、精神を侵された時、暴力を目の前にした時。数え出せばキリがない。

仮にも暴力を行使し、人を殺す仕事をしている人間が、先に挙げたような単純な恐怖では揺るがないだろう。だが、人は死という恐怖には抗《あらが》えない。

床にへたり込んだ幽々子の、華奢《きゃしゃ》な首に手を添える。力は込めない。

「はっ、はっ、はっ、はぁっ」

呼吸は乱れ、瞳は潤みだす。

こんな仕事をしていれば、常人よりも早く死の宣告が成されるのは理解しているだろう。それでも、どれだけ達観していようと、いざその時が来たなら、誰であっても恐怖する。

「大丈夫だ。安心するといい。オレはお前に危害を加えるつもりはない」

首に添えていただけの手を、両の頰《ほお》に移動する。優しく、丁寧に。幽々子はまだ焦点の定まらぬ目でオレを見つめている。

「勝負の報酬を貰おうか」

「っ！　あ……えっと、アオちゃん先輩は学園の外の丘に、いると思う……ッス」

「そうか、助かる」

手は頰から髪に移動し、梳《す》くように撫《な》でると幽々子の体がビクッと跳ね上がる。

「ありがとう」

意趣返しとばかりに耳元で囁き、立ち上がる。

当初の目的、その目論見《もくろみ》が成功していると確信し、オレはその場を離れた。

大人気無いという言葉が一瞬脳裏を過《よぎ》ったが、そんな思考を放り投げ、青葉に会うために学園の外にある丘へと向かうことにした。

4

幽々子との勝負を終え、学園の外にある、芝が整えられた丘に足を運んだ。

夕日が落ちる前の赤い海が広がり、空と海の境界線すら見える絶景が目の前に広がっている。

五体で感じるのは、強い西陽と強い潮風、それともう1つ。

「……見られているな」

鋭い視線。

間違いなく何処かから見られている。だが、すぐには正確な位置が掴めない。

何度か味わったことのある、熟練の狙撃手に睨まれている感覚だ。

心地の悪い浮遊感に全身を覆われる感覚に苛《さいな》まれる。

「いい腕だ」

狙撃手は見つからないだけで仕事をこなしているようなもの。

狙撃も偵察も追跡も、全部狙撃手の仕事だ。それを考慮した上で、見つからないというのは最強の自衛である。理解してやっているのなら大したものだな。

「見つけられなければ、フィクサーの面目丸潰《まるつぶ》れというところか。面白い」

所々凹凸はあるものの、辺りは見通しの良い景色だ。身を隠す場所は絞られる。

岬に立つ白い灯台。用途の不明な風車小屋。設置されているベンチ。植えられている樹木。

「知ってるか？　何かを見通すのに、鷹の目《ホークアイ》は必要ない」

真《ま》っ直《す》ぐに、目標に向かって歩く。草原のなんの変哲もない、凹凸の1つに向かって。

人がいる場所、人がいた場所には必ず痕跡《こんせき》が残る。その場所に向かったであろう足跡を視線で辿《たど》り、見当をつけた場所が当たりだと確信する。

「一点に獲物を見つめる鷹の目は早死にし、より注意深い虫の目《フライアイ》が生き残る。どんな些細《ささい》な違和感も見逃さないことだ。……さて、一応聞くがこんなところで何をしているんだ？　青葉」

目の前には、人が寝られる程度の大きさのかまぼこ型のテントに、カモフラージュネットをかけた草原擬態用のギリースーツならぬギリーハウスがある。

中からは僅《わず》かに緊張を孕《はら》んだ息遣いが聞こえてきた。

「潜伏と忍耐、及び狙撃のイメージ訓練です。当然ライフルは持ち出し禁止ですが」

ギリーハウスを開き、「何か問題でも？」と言いたげな表情を浮かべて出てきた青葉は、制服の上にギリースーツを羽織っている。

ワイシャツの下の肌がほんのりと浮かぶほどに、汗で服が透けていた。

「で、何か用でしょうか、フィクサー。ここが分かったということは、私がここにいることを誰かから聞いたのでしょう？」

「ああ、そうだがその前に一言言っておこう。見事な潜伏だった。良い腕だ」

素直に敬意を表すると、ますます怪訝《けげん》そうな顔をしてオレの目を覗き込む。どうやら裏があるとしか思っていないようだ。

「本心だ」

「……そうですか、どうも」

素っ気無いな。

しかしこうしてみると、綺麗《きれい》な金糸雀色の瞳には若干の怯《おび》えが含まれているように見える。

怖がらせるようなことはしていないはずだが、ギリーハウスに近づいた時も、呼吸の乱れが大きかった気がする。

「あなた、槐さんに何かしたんですか？」

「何かとは？」

「いえ、随分怯えていたようですので、フィクサーが肉体関係でも迫ったのかと」

「はっ、官能小説の読みすぎ——」

「——ぶち抜きますよ？」

「……すまん」

本気でぶち抜かれたら適わないので即座に謝った。

しかし、青葉はオレが先程幽々子と勝負をしていたのを知っているようだ。

まるで見ていたかのような口ぶりで……。

「まさか」

ギリーハウスの中には三脚に取り付けられたスコープがあるだけだが、可能性としては充分あり得ることだ。そして学園に目を向けると、可能性は確信に変わった。

「見ていたのか」

「ええ、失礼ですが、一部始終をここから見ていました」

しかし、幽々子と勝負をした廊下は教室の向こう側にあり、ここからでは見えにくい。

だが、不可能ではない。

教室の扉に嵌《は》め込まれている450ミリ四方の窓からなら、なんとか見えなくもない。

「それを実行し、動作を勘や想像で補うこともできるのか。腕もよく、勘も悪くない」

「なんですか急に」

明らかに警戒した少女の声色だが、無視して瞳を覗き込む。

スナイパーに必要不可欠な要素である、目。

視力だけでなく、目の付け所がいいと表現されるように、目の使い方が上手《うま》いのだろう。

「フィクサー、あなたは何者ですか?」

青葉の実力分析を進めていると、躊躇《ためら》うような声で抽象的な質問をしてきた。

「質問の意味が分からないな」

「言語化が難しいですが、その……普通の人間ですか?」

「そうだな。あのクラスの人間が普通の人間だというのならオレも普通の人間だし、あのクラスの連中が異常者の集まりだというなら、オレも異常者ではある」

こういう回答を求めているのではないことは分かっているが、正直に答えるにはオレは少し異質すぎるのだ。そしてこんな逃げ方をすると、当然追及も飛んでくる。

「いえ、聞きたいのはそういうわけではなく、あなたからは得体の知れない雰囲気を感じるんです。まるで檻《おり》に入れられた飢えた獣のような……」

なかなかに的を射ている表現だと思う。飢えているかどうかは別として、オレは檻に入れられ、枷《かせ》をつけられた獣だ。マスターに飼われるずっと以前から。

「それ以上の詮索《せんさく》はよせ。仕事には関係のないことだろう?」

「……そうですね、失礼しました」

青葉は素直にペコリと頭を下げて謝る。

一応上官に対しての礼儀は弁《わきま》えているということだろう。

「いい。ところで、衣吹を知らないか? 幽々子が青葉なら知っているかもしれないと言っていたんだが」

青葉はスコープと三脚をケースにしまう作業をしつつ答えた。

「彼女なら工房に行きました。目的は併設の射撃場でしょうね」

「そうか、分かった」

返事をすると同時、スマホが震えた。

確認すると、マスターからのメッセージが届いていた。

『貴様の装備が工房に届いている。武器の整備をしている工房だ、挨拶《あいさつ》は済ませておけ』

なんとタイムリーな。

まるで聞いていたかのようなタイミングだ。

「了解」と返信し、そのまま工房に向かおうとしたが、ふと足を止める。

「……？　どうかしましたか？」

「工房はどこだ？」

「……はぁ。分かりました、案内します」

大きな溜息を吐いた青葉は、スコープと三脚を持ち上げて先行して歩いた。

夕日は沈んでいき、空は暗くなり始めていた。

5

工房の入り口は、校舎の中にあった。

ずっと用具入れかと思っていた鉄製の重い扉の先には階段が続いており、奥では銃声が繰り返し響いている。扉を開ける前と後で音の大きさが全然違い、防音対策が徹底されているのがよく分かった。

「新志さんが撃っている音です」

「やたらと火力量が多い炸裂《さくれつ》音だな。50口径か」

「そうです。詳しくは知りませんし訊きもしませんが、何やらこだわりがあるようで」

「ふん、軍人が射撃場で自慢するためだけに存在するような銃を使っているのか。大した自信だな」

「偏見がすごいですね。50口径に親でも殺されたのですか?」

階段を降りていく間も、銃声は絶えず続いている。5発撃ち、間を開けて、再び5発撃つ。繰り返し繰り返し、何度も続けてきた動作であると、音と間だけで理解できる。それこそ、ここ数年の話ではなく、10年単位のレベルで。

「自信故のあの性格というわけか」

「? 何か言いましたか?」

「いいや、なんでもない」

階段を降り切ると、大方予想通りの空間が広がっていた。

殺風景なコンクリートの外壁を剝《む》き出しにした空間に、それぞれの銃に合わせたいくつかのレーンが並び、端の方には近接戦闘、いわゆるCQB《室内での銃撃戦》やCQC《合理的な格闘術》用の修練場まである。設備はそれなりに良さそうだが……。

「なんというか、殺風景な射撃場だな」

「豪華絢爛《けんらん》な方が良かったですか?」

「そういう意味で言ったわけではない」

「分かってます。では、案内もしましたし、私はこれで」

青葉は会釈程度のお辞儀をして、奥の部屋に入っていった。

そして青葉と入れ替わりで、金髪の女性が顔を出した。

「ん？　客？　珍しいじゃん」

臀部《でんぶ》まで伸びる髪をフラフラと靡《なび》かせながら、目の前までやってきた。

顔つきからして恐らくロシア系。上半身は黒いタンクトップのみで実った胸を半分放り出し、下半身はピンク色のやたら目立つツナギを穿《は》いて、腰に上着を巻いている。

手に染み込んだ整備用のグリースの匂《にお》いは、彼女の仕事を判別できるほどに雄弁だ。

「A班のフィクサーになった、羽黒潤だ」

「おっ、そっか、今日からか！　ウチは戸津川《とつかわ》スミ。ここの雇われ鉄砲鍛冶師だよ」

握手を催促してくる手に応《こた》える。がっしりとしていても繊細さを微塵も損なっていない、整備士として理想的な手だ。

「あんたがここの工房主か？」

「んぁ？　違う違う。ここの工房主はアレだよ。アレ」

親指でクッと後ろを指す。

すると奥の部屋から、熊のような体軀《たいく》の男がのっそりと現れた。

「スミ、自分の師匠を紹介すんのにアレはねぇだろ」

2mを超えた巨軀の男は頭をかきながらあくびをした。

歳は60を超えてそうなほどの老齢でありながら、体つきは鍛え抜かれた軍人のそれ。白い顎ヒゲとオールバックの白髪がなんともしっくりくる大男。

「で、オメーか。新しいフィクサーってのは」

「羽黒潤だ」

「あ？　ああ、名前か。俺《おれ》は……っと、佐藤……」

「佐伯《さえき》だよ。悪いね、この人は佐伯充造《じゅうぞう》。大昔の銃が暴発した事故で脳がイカれたらしい。この通りボケたおっさんだけど、腕は一流だよ。癪《しゃく》なことにね」

スミが割って入って大男の名前を告げる。

自分の名前すら覚えていない耄碌《もうろく》した人間で大丈夫かと不安になった。

「おお、そういやそんな名前や！　人の名前なんざいちいち覚えてねぇからなぁ！　ガッハッハ！　ま、人となりは銃が雄弁に語ってくるから忘れねぇよ」

充造は自分の名前などどうでもいいと豪快に笑い飛ばす。

だが、その目は少しも笑っていない。老いてなお強烈な眼光は、明らかにオレを敵視しているようだ。なるほど、銃が語りかけるというのも強ち《あなが》冗談ではないというわけだ。

「その様子だと、オレの銃は届いているようだな」

「……ああ、届いとる。こっちこい。説教がてら工房を紹介してやる」

「はいストップ！　案内ならウチがするよ！」

工房に戻ろうとした充造に待ったをかけたのはスミだ。

「ああ？　オメーは衣吹の方見てろ。言ったやろ、説教がてらって」

「……いいけど、説教ついでで工房散らかすのはやめてよ？」

「わーっとる」

分かってなさそうな返事だ。

「はぁ、潤さん？　あのジジイが工房散らかしそうになったら力尽くで止めていいから。っていうか止めてよ？　あのジジイ、バカだから重要な書類とかも放ったらかしにするの」

「善処しよう」

オレも適当に返事しながら、充造の後を追う。

工房の扉を開けると、机にオレの銃がドンと置かれ、青葉がまじまじとそれを見ていた。

「フランス製の軍用狙撃銃【ＰＧＭ．３３８】。通称ミニへカートってやつやな。使用弾薬は３３８ラプア、全長は——」

語り出した充造を無視して、青葉に目を向けた。

「それなりに使い込まれていますよね？　狙撃手だったのですか？」

「ああ、元はな」

「んなことはどうでもええ。問題はこっち……ん？　あー、どこやったか……」

ガサガサと工房を荒らし、書類を散らし、見覚えのある黒いケースを引っ張り出した。

充造が持ってきたケースに入っていたのは、先の突入作戦でも使った【グロック26】だ。

よく見なくてもあちこちに傷や凹《くぼ》みがあり、正常に稼働するかも怪しいほどにボロボロ。もはやジャンク品のような様相だ。

「あちこちボロボロ、バレルはかろうじて無事だが、正直いつ暴発してもおかしくねぇ。どんな扱い方をしたらこうなるんや、言ってみろ」

「単純だ。それで殴ったり、それを投げたりしている。精密射撃に必要な狙撃銃は最大限丁寧に扱うが、近接戦闘時に銃を綺麗に扱おうなどと考えたこともないからな」

「だろうな」

　ポケットからよれたタバコケースを取り出した充造だったが、少し逡巡《しゅんじゅん》した後葛藤《かっとう》し、再度ポケットに押し込んだ。壁のあちこちには禁煙の張り紙がされていた。

「近接戦で余裕を持てというのも無理な話ってのは分かる。だが、銃器に限らず武器は使用者の命を守るから存在が許されるもんだ。ある意味、10年来の戦友よりも信用し、大切に扱うべき相棒や」

　急に声を荒らげる充造に青葉は少し気まずそうな表情を浮かべたが、この場から離れようとはしない。オレが怒られている内容に覚えがあるのか、それとも逃げる機会を失っただけか。

　とはいえ、怒られている内容には少しも共感できるところがない。

　武器は道具だ。使用者の意のままに振るわれることが存在意義なのだ。

「知らんな。オレは道具に神が宿る八百万《やおよろず》の神とやらを信仰しちゃいない」

「くだらん信仰の話はしてねぇ。いくら腕がよくても、銃が暴発すりゃ死ぬ。この扱い方は、命守ってくれてる銃に対する恩を仇で返してる。恩知らずも大概にしろって話なんだよ！」

充造が机を叩くと、小さな部品が机から転がり落ちる。

「はっ、武器は人を殺すための道具だ。そのために生まれ、不用品は捨てられる。ただそれだけのことだ。この仕事に就いているオレたちも同じようなもの、だろう？」

「……ケッ、オメーとはいい酒は飲めねぇな。だがオレも仕事だ、銃は完璧《かんぺき》に整備してやるが、1つ覚えとけ」

充造はオレの胸ぐらを摑んで引き寄せる。

「整備士に嫌われた兵隊は長生きできんぞ」

それに関しては共感できる。事実、整備士に嫌われた兵隊が自分の整備した銃で暴発し、死んでいったのを何度か見たことがある。

しっかり銃の手入れをしていれば防げた事故ではあるが、プロに任せた方がいいのも事実。

「ああ、肝《きも》に銘じておこう」

オレは充造と目を合わせる。

数秒睨み合った後、充造はオレを解放してスミを呼びつけた。

「何イライラしてんの？　あのジジイ……って、あーっ！　あんだけ言ったのに散らかして！潤さんも止めてって言ったじゃん！」

「すまんな、次からはちゃんと話を聞くことにしよう」

「話すら聞いてなかった⁉　そこ正座なさい！　説教するから！」

次から話を聞くと言ったばかりだが、このピーピーと喚《わめ》いているのは聞き流してもいいだろう。と、そんな態度が露呈したのか、さらにボルテージが上がって腹を殴りつけてくる。残念なことに攻撃力は無い。

どうすれば解放されるかと思案していると……。

「おい、【オックス】を預けにきたんだが……」

扉を開けた衣吹は部屋の様子を見て固まった。

いや、固まったというより露骨にめんどくさそうな表情を浮かべていた。

「んぁ？　終わった？　ジジイが回収に行かなかった？」

「いや、来てないぞ？」

「それじゃタバコね。はぁ、早く引退してくれないかな、あのヤニカスジジイ」

大仰なリアクションでこめかみをペチンと叩いたスミは、衣吹が持ってきた銃を回収する。

衣吹の銃は装弾数5発のリボルバー【トーラス・レイジングブル　M500】。数ある口径の中でも最もデカい50口径弾仕様のリボルバーだ。

恐らく【オックス】というのは衣吹がつけた名前か、もしくは造った人間の趣味だろうな。

「じゃ、今日の分終わったんで、あーしはこれで」

「では、私も失礼します」

青葉と衣吹が部屋から出ていく。

「待て、衣吹」

帰ろうとする衣吹を引き止めようとするが、彼女の足は止まらない。

作戦中ではないとはいえ、上官の命令を無視か。少々お灸《きゅう》を据える必要がありそうだな。

「ちょ！　何すんのよ⁉」

スミが大声を上げると、衣吹は足を止めてこちらに振り向いた。

「現場で使う人間の任命権はフィクサーにある」

衣吹と目を合わせる。嘲笑《ちょうしょう》気味に見下しながら。

「よくこんなおもちゃで現場に出ようと思ったな。遊び気分で自分の欲求のために人を殺しているのなら、オレがお前を現場で使うことはない。言ってる意味は分かるな？」

スミから【オックス】を取り上げ、グリップをしっかりと握って銃口を向ける。

「は？　んだテメェ、あーしに喧嘩《けんか》売ってんのか？」

こめかみに血管を浮かべ、血走った目で睨んでくる。こいつ、ちょろいな。

「どう取るかはお前次第だが、オレに実力を示せないなら、クラスにお前の居場所は無い」

トリガーガードを支点に指で回転させ、バレルを握ってグリップの方を衣吹に突きつける。

「任務に足る人間かどうか、オレに証明して見せろ」

ギラギラとして剝き出しの敵意を隠そうともせず、衣吹は手からオックスをひったくって文

字通り牙《きば》を剝く。

「いいぜ、買ってやる。ただ、あーしも弱い人間の命令に従って死ぬのはごめんだからな。テメェの実力も見せてもらうぞ、フィクサーよぉ！」

「CQBでの模擬戦か？　構わん。受けてたとう」

オレはグロック26を無造作に摑むと、スミが驚嘆の声を上げた。

「ちょっと待って！　潤さん、その銃もう廃棄しようと思ってて、整備なんてこれっぽっちもやってないのよ⁉」

「問題ない」

「あるわよ！」

そう言ってオレからグロックを取り上げようとするが、スミを止める者が現れた。

「構わんから、好きにやらせたれ」

いつの間にか帰ってきていた充造がタバコの匂いを漂わせながら、ゴム弾のカートンを持ってくる。こういう展開になることは想定済みのようだ。

「うっし、ぜってぇぶっ潰《つぶ》す！」

衣吹は意気揚々と、肩を回しながらCQBのブースに入っていく。

後を追おうとしたところで背後から声を潜めた喋《しゃべ》り声が耳を掠《かす》めた。

「でも、あのグロック……」

「ああ、6発ってとこだろうな。だが、痛い目見ないと分からんのや。死にはせん」

何やら不穏な会話だな。

「何の話だ」

「なんでもない。早よブースに入れ」

まるで犬にでもするように、手で払われる。まあいいか。

それよりも今は、衣吹に実力の差というものを見せなければならない。

立場上こちらから認めさせる必要はないが、こういう跳ねっ返りを放置すれば、現場での指揮系統に影響が出るのは火を見るよりも明らかだ。

「これも仕事の内か」

ゴム弾が装填《そうてん》されたマガジンを装着し、スライドを引く。スライドを半分引いてチャンバーに弾が込められていることを確認。

準備はＯＫ。後は合図を待つだけだ。

6

ＣＱＢブースは縦30ｍ、横20ｍの長方形で、５つのルートに分かれている。両端と中央のルートは入り組んだ道が作られており、銃での戦闘よりも不意遭遇による格闘戦を想定しているエリア。

入り組んだルートの間には、ただ真っ直ぐ伸びる最低限のバリケードが置かれただけの通路があり、射撃戦がメインになるであろうエリア。

各エリアの間にはいくつか扉が設置されており、２種のエリアを行き来することも可能。

スタート地点は５つのルートの延長方向に飛び出るように作られた幅３ｍ程の通路だ。

「マップ構造は把握した。いつでも始めていいぞ」

「一応警告しとくがよぉ、ボディアーマーは着けた方がいいぜ？　いくらゴム弾で制服にも防弾性能があるとはいえ、50口径の衝撃は痛いじゃ済まないぜ？」

弾が命中する前提でいるのはいいが、衣吹は相手の実力を見誤るか、もしくは過小評価するきらいがあるらしいな。その悪癖は戦いにおいて致命的。

……まあ、奴が死のうがオレには関係の無いことか。

「不要だ、むしろ自分の心配でもしていろ」

「はっ、そうかよ。スミ！　ブザー鳴らせ！」

『はいはい、っけー、っと。えー、一応殴打とかは最小限でお願いね。投げ技、絞め技は骨を折らない程度に。じゃ、２人とも位置について……』

セーフティを解除し、何度か握ってグリップを確かめる。

――ブーッ、と機械音が響いた。

この広さのエリアであれば、射撃の腕よりも体術と立ち回りが勝敗を決める鍵《かぎ》になる。

「衣吹の性格上真っ直ぐ突っ込んできそうなものだが、流石にクリアリングくらいは――」

「オッラァァアアアッ！　ボケっとしてんじゃねぇぜぇッ！」

通路を真っ直ぐに突貫してきた衣吹が、銃を構えながら走ってくる。

「チッ、考えなしか！」

すぐに遮蔽《しゃへい》物に身を隠すと同時、元いた場所にゴム弾が弾《はじ》ける。

遮蔽物から一瞬顔だけ出して覗くと、隣のエリアへの扉が開いていた。

「後ろか」

衣吹の意図を読み取り、照準は覗かずに胸の高さに構えた刹那――

バン！　と目の前の扉が勢いよく開く。

姿が見えるよりも先に1発撃ったが、飛び出してくる気配はない。

「陽動か」

と、視線を切った直後。

外側から蹴《け》られた扉が勢いよく閉まった。扉をぞんざいに扱いすぎだろう。

さて、衣吹は銃を構えながら走ってきている。

開いた扉の陰に隠れていたせいでここまで接近されたわけだ。

「意表の突き方、立ち回りは及第点だ」

意表を突かれれば誰であろうと体は緊張し、硬直する。

その瞬間を狙えるならば、どんな達人でも倒すことができるだろう。

「まだ甘いがな」

迎撃のために地を蹴る。

通路の横幅は３ｍ、互いの距離は４ｍ。精密射撃をする余裕もない近接戦だ。

足は止めない。止まった瞬間被弾するから。

だから的を絞らせない。緩急をつけ、前後左右に動く。

互いに撃ち合いながら、距離は縮まっていく。ここまで被弾は無し。

もはや銃は必要ない間合いに入った瞬間、手を伸ばして摑みにかかる。

「ぁぶねっ！」

衣吹は摑まれることを警戒して咄嗟にバックステップを取った。

この距離なら照準も構えも必要ない。撃てば当たる距離。

「ぐっ……ガァッ！」

腹部に数発命中したが、衣吹は引かない。

気合を込めたカウンターで銃が高く蹴り上げられた。

だが何も問題はない。銃が飛ばされるよう手を伸ばして撃ち、誘導したのだ。

懐《ふところ》に潜り込み、胸ぐらを掴んで投げる。少々不格好だが、多分これが一本背負いだろう。

「カハッ……」

衣吹の肺から空気が大量に吐き出される。

そして、まるで持ち主を認識しているかのように、蹴り上げられた銃が手に戻ってきた。

「終わりだ」

銃を突きつける。

模擬戦は終了、衣吹の実力は充分現場で使えるものだと確信した。

さて、最後に躾《しつけ》だ。

頭に照準し、トリガーを引いた。


――ドパンッ。


いつもと違う銃声を響かせて、銃は暴発し手から離れた。

「ははッ、銃に嫌われたな！」

「……ああ、そのようだ」

痺《しび》れる手を見つめながら呟《つぶや》き、そういえばと思い起こす。

これが6発目の弾丸だと。

「銃を見る目は確か、というわけだな」

衣吹と同時に、整備士の充造の腕も確かな物だと確信できた。

「……ふぅ、で？　あーしは使うのか？」

体を起こした衣吹が横目に訊いてくる。

衣吹の問いには答えず、スマホの画面を見せることで答えた。

『30分以内に、使えると判断した人員を学園長室に招集しろ』

マスターからのメッセージだ。

相変わらず、見ていたとしか思えないタイミングの良さ。

「あー……？　つまり？」

「招集だ。仕事の時間だぞ、衣吹」

衣吹は鼻を鳴らし、肩を竦めて射撃場を後にした。

Travail de chien errant. ——野良犬の仕事——

衣吹と戦って30分が経《た》った頃。

学園長室には幽々子《ゆゆこ》、青葉《あおば》、衣吹《いぶき》と、見知らぬ少女が1人集まっていた。

誰《だれ》だこいつ、と思案しながら見ていると、少女は立ち上がった。

「ボクは今回の作戦の情報支援オペレーターを担当する。千宮《せんのみや》ふうかだ。よろしく新米フィクサーくん」

ショートボブに丸メガネ。体格は小柄で病気的なまでに肌が白い。典型的な情報支援特化のタイプだが、やる気はなさそうだ。……あ、こいつ今欠伸《あくび》をしやがった。

「おい、これで大丈夫なのか？」

「これとはなんだこれとは。これでも歴《れっき》としたライセンス持ちだぞ」

反論はするが、その声音からはやはりやる気を感じない。

「千宮さんで問題はありません。仕事はちゃんとする人です」

「おいおい、まるで仕事以外はちゃんとしてないみたいじゃないか」

「……擁護したんですから突っかからないでください」

「冗談冗談、愛してるぜ～青葉」

ふと、青葉とふうかの会話に違和感を覚えた。

「青葉はこれにも敬語を使っているのか」

「……バカ言え。これでも衣吹と同い年だ。人間的にもできたボクを敬うのは当然だろう」

「なるほど、これが日本人の神秘か。どう見ても中学生じゃないか」

「ほぉ。……まあ？　若く見られるのは悪い気はしない」

「それは子供扱いされてるってんだよ」

中学生と言われ、満更でもない様子のふうかに衣吹の鋭い指摘が飛ぶ。

「そろそろ話を進めてもいいかね？」

オレが淹《い》れた珈琲《コーヒー》を飲み、マスターが声をかける。

「集まってもらった理由は説明しなくても分かるだろう。仕事だ」

部屋の壁に埋まっている100インチのモニターが起動し、周辺地図、航空マップ、幾人かの顔写真が映し出される。

「本日23：00時、当該地域にて武器商人グループと指定暴力団が武器取引を行う。貴様らの仕事は暴力団の殲滅《せんめつ》と、武器商人及び武器の回収だ」

「質問が」

マスターが許可を出すと、青葉は律儀に立ち上がって質問を始めた。

「いちいち暴力団の銃の出入りを見張っていたらキリがありません。いつもなら警察に任せるか、もしくは黙認されています。それなのになぜ、今回に限って国防装置たる我々が動くのでしょうか」

「第一に、最重要目標は武器商人の捕縛だ。それと、密輸される銃の量が無視できん」

モニターに表示されたのは、今回の密輸の詳細な情報。

なるほど、1丁や10丁程度なら構ってもいられないだろうが、長物も合わせて100丁を超えるとなると、流石《さすが》に放ってはおけないだろう。ことこの国においては尚更だ。

「なんだ？　戦争でも起こす気か、そいつら」

ふうかがパソコンをいじりながら独《ひと》り言《ご》ちるように呟《つぶや》く。

「敵の目的は知らんが、どうせ碌《ろく》なことではない。上の考えでは取引自体が台無しになれば、無茶はしないだろうという考えなんだろう」

「目的もなく100丁も仕入れようとはしないだろう。最悪銃が無くても事を起こす可能性はあるんじゃないか？」

「銃が無くても動けるならわざわざリスクを犯して銃を仕入れるメリットは無かろう？　指定暴力団は常に見張られていることを理解しているはずだ」

それはそうだ。と思考を切る。自分と違う価値観の人間の考えを読もうとしたところで、答えが出るわけがない。答えが出たとしても、それは自己満足でしかない。

結局オレにできることは、この命令をこなすことだけだ。

「んぁ？　ゆん、なんか今日静かだな」

衣吹が突然そんな事を言い出した。

「へ？　あ、ああ、大丈夫ッスよブキ先輩。ちょっと考え事をしてたッス」

どうやら、ゆんというのは幽々子の事らしい。

そういえば、この部屋に入ってきてから挨拶《あいさつ》以外で口を開いてないな。何があったのかは知らないが、仕事に支障をきたすようなら今回は抜けてもらうだけだ。

思考していると、衣吹は幽々子から目を逸《そ》らした。

「ふーん、そか。ならいいけど」

それ以来、衣吹が視線を向けることはなかった。

特に興味はなかったのかもしれないが、衣吹が他人を気にかけるということに、オレは少し驚いていた。周囲に壁を作り、距離を保っているイメージだったからだ。

オレが見ていないだけで、普段のクラスの雰囲気は少し違うのかもしれないな。

「羽黒潤《はぐろじゅん》、これを」

マスターに呼ばれ、1枚の紙を受けとる。

「これは工房宛の許可証だ。私の名において、現場に銃を持ち出すためのな」

「なるほど、形式的な書類か。理解した」

許可証を受け取ると、ついでとばかりに車の鍵《かぎ》も渡された。

現場に出るための車を用意してこいということだろう。取引時刻までは後4時間ある。現場までの移動時間を含めてもかなり余裕はあるが、早めに準備していて損はない。

「それと、今回は貴様のフィクサーとしての指揮力を見るつもりだ。できるだけ現場には出ないようにしろ。貴様が手を下す必要はない。分かったな？」

「了解した」

部屋を出ようと扉を開ける。

「さて、現場に出る諸君等に向けて、命令とは別に1つだけ指示がある」

A班に向けられたマスターの指示とやらを聞く事なく、オレは出発の準備を進めた。

1

街灯が少なく、不気味な様相を浮かべる港の倉庫街に、実働A班を乗せたバンを止める。

全員制服のままではあるが、この制服は防弾防刃性能を備えた特別製らしく、そのまま仕事着になっているらしい。ちなみにかなり値が張る。

「さて、取引時刻まであと30分だ。繰り返す必要はないとは思うが、武器商人グループを生かして捕縛するのが目的だ。できれば数人捕らえたいところだが、1人でも構わないだろう」

「なぜ数人捕らえる必要があるのでしょう？」

青葉が銃の最終チェックをしながら問いかけてくる。

青葉の銃は日本の自衛隊でも使われる狙撃銃【ＭＳＧ９０】。使用弾薬の有効射程は８００ｍ程あり、今回の仕事においては充分すぎる射程だ。

「武器商人の背後関係を洗い出すなら、数人を尋問して得た情報を精査する必要がある」

「そう簡単に喋《しゃべ》るとは思えねーけどな」

衣吹が話に入ってきたが、視線は自分の手元に集中している。

オックスこと【トーラス・レイジングブル　Ｍ５００】に指を這《は》わせ、銃把《じゅうは》を握る。

「その時は尋問が拷問に変わるだけだ」

「そんなことよりも新志《しんし》さん、足を閉じたらどうですか？」

大股《おおまた》で座っている衣吹を、青葉が嗜《たしな》める。

「あーしに女を求めんな」

この２人、意外と仲が悪いな。お互いを敵視しているというか。

『あ……あー、聞こえるかー？　返事しろー、こちら学園に引き篭《こ》もってるオペだー』

耳につけたイヤホンから、聞き覚えのある声が聞こえる。

「ふうかだな。聞こえるぞ、感度良好だ」

『よし。今お前等のバンの上にドローンを滞空させてるが、偵察に行って大丈夫か？』

「問題ない。確認後、詳細を送ってくれ」

『りょーかい』

飛んでいくドローンを目視で確認し、車の中へと視線を戻す。

さて、残る問題は……。

視線の先には、学園長室にいた時からずっと様子がおかしい幽々子が、スローイングナイフを見つめて固まっている。

「幽々子、大丈夫か」

「…………」

「幽々子」

「ッ！　はいッス」

肩に手を置くと。異常なほどに肩を跳ね上がらせた。

「仕事の時間だ。心配しなくてもお前の腕は一級品。唯一無二だ。オレ以外に、本気で隠れたお前を見つけることはできない」

その場でしゃがんで目線を合わせる。

青葉も衣吹も、何言ってんだこいつ。という視線を向けてきたがスルーだ。

「何言ってるんッスか先輩。……それと、あの、近いッス」

「そうか、体調は？」

「万全も万全、オールグリーンの大草原ッスよ。ところで、このガチ恋距離いつまでやるんスか？　ひょっとして、自分に惚《ほ》れました？　惚れちゃいました？」

「うむ、ならすぐに準備しろ。総員いつでも動けるようにしておけ」

「会話が成立していないですね」

青葉のツッコミをスルーして、振動したスマホに目を向ける。

ドローンから撮っているであろう映像が映ると同時、イヤホンからふうかの声が聞こえた。

『あー、あー、聞こえてるかー』

「ああ、聞こえてる」

「オールグリーンの大草原ッス」

「気に入ったのか？　それ」

「仕事中ですよ、2人とも」

ノイズが多いがまあいい。

『映像見れば分かると思うが、ちょっとした問題発生だ。殲滅対象が二手に分かれてる』

港には倉庫が横並びに並んでおり、その内の2つに分かれている。

片方は取引の人員なんだろうが、もう片方は明らかに荒事を想定した配置だ。

映像を見る限り、片方の倉庫には5人、もう片方には10人以上が固まっている。

「問題ない。幽々子、衣吹、それぞれの倉庫を制圧しろ。やり方は任せる」

「らじゃッス」

「いいぜ。あーしが多い方な」

幽々子が銃のスリングを肩に掛け、了承する。

衣吹は剥《む》き出しの敵意を薪《まき》にし、やる気に焚《く》べる。

「青葉は鉄塔に登り、2人の支援だ。増援がいた場合は排除しろ」

「了解」

各人に役割を与え終わると、オレも準備をと無意識の内にナイフを握っていた。

今回の作戦では原則現場には出ないにも関《かか》わらず、仕事をする気満々でいた。これだからワーカホリックだと言われるんだな。

……いや、仕事の内容が変わっただけで、ここにいるだけでも仕事なのか。

意味のない思考はここまでにしよう。

「総員傾注。分かっているとは思うが、【ＳＤＦ《ストレイドッグスフォース》】の存在は公に知られてはいけない。目標以外の目撃者は決して生かすな。なお、近くに紫蘭《しらん》学園のクリーナーも来ている。死体の回収と現場の後始末は奴《やつ》らに任せろ。殲滅と回収完了後は速やかにここを離れる」

衣吹は不敵に笑い、青葉は頷《うなず》き、幽々子は目が据わる。三者三様のリアクションで号令に応《こた》え、腰を浮かせる。

「さあ、仕事の時間だ野良犬部隊。貴様らが優秀な猟犬である事を願っている。サーチ＆デストロイ」

全員がインカムをつけて、バンから飛び出した。

2

あーしは人として、クズの部類に入るだろうか。

答えの分かりきった自問をしながら、倉庫の裏口に辿《たど》り着く。

手には【オックス】がしっかりと握り込まれてる。身体《からだ》もデカくなって筋力が充分に付いた今でも、感じる重みは子供の頃のまま何も変わっちゃいない。

「変わったのはトリガーの重さだけってな」

時計に目を向ける。取引時刻まで後10分を切っていた。

仕事の前はいつも目が冴《さ》える。まるでカフェインギンギンのブラックコーヒーでも胃に流し込んだかのように。

ふと、今日顔を合わせたばかりの、新しいフィクサーの顔を思い出す。あーしはあいつを認めちゃいねぇし、多分あいつもあーしを認めてない。

さっきの自問の答えだが、あーしは正真正銘根っからのクズだ。戦闘も武器も、昔は復讐《ふくしゅう》のための道具に過ぎなかったのに、いつの間にか戦闘そのものに意義を求めてしまったクズ。

そして、あのフィクサーから感じる気配は、なんとなくあーしと似てる気がする。

感性が正しければ、あーしが抱いてるのは一種の同族嫌悪みたいなものかもしれない。

「さて、武器商人が来る前に、いっちょ蹂躙《じゅうりん》するか」

オックスのハンマーを起こす。多分こう言うところが短気だと言われる理由なんだろうが、関係ねー。これは心構えの問題だ。人を殺しておいて、自分だけは殺されないなんて都合のいいことはあるわけが無い。

だからこそ、いつだって戦えるようにしておかないと夜も眠れない。

「行くか」

その言葉がトリガーになったわけでは無いと思うが、1歩踏み出すと同時に扉が開いた。

「ふぅ、小便は我慢でき……ッ！　だ――」

誰だ、と叫ばれる前に体は動いていた。

髪を摑《つか》み、扉の受け枠にぶつける。

膝《ひざ》から崩れ落ちる瞬間に合わせ、首筋を踏み砕く。

足の裏に伝わる骨が折れた感触と、頭部からの出血量を見て即死だと判断。

「気を取り直して行くか」

何も問題は起きていないからな。

倉庫に入る。特に裏を見張っているわけではない。

多分さっき反射的にやった奴が裏の見張り役だったんだろう。

「にしても呑気《のんき》な連中だな」

倉庫にいるのは全部で11人。何人かはハンドガンで武装。それ以外は……まあ脅威になりそうな武器は持ってない。それはいいとして、トランプだったり酒だったり、こいつらは遊びに来てんのか？　マジでやって大丈夫か？

「……ま、命令だからいいや。クズはクズらしく、今日もクズを処理するだけだぜ」

グリップを確認し、正確に照準する。

ドパンッ！　やたらと炸裂《さくれつ》音が多い慣れ親しんだ銃声と共に、男の頭蓋《ずがい》が吹き飛んだ。

「なんっ……」

混乱以前に突然のことで誰も状況を理解できず動けてない。

2回目のトリガーで放たれた弾頭が、胸部に吸い込まれてまた1人を破壊。

「ようやく攻撃されてるって気づいたかよ」

それでも反撃するに至らないらしい。

トリガーを引くと、頭を守るように伏せていた男の腕ごと脳を蹂躙した。

「誰だァァ！　タダで済むと思ってんのかァッ！」

威嚇か発狂か知らんが、叫んだ男はハンドガンで武装している。

手軽に人を殺せる暴力装置を持ったことで気が大きくなってんだろうな。

「道具は使わなきゃ意味ねぇんだぜ？」

嘯《うそぶ》き、立ち上がった男の胸部に風穴を開ける。

もはや現場は混沌《こんとん》と恐怖に支配されている。

「うわぁァァァァァァぁぁあッ！」

裏口から逃げようとした男とバッチリ目が合う。

最後の弾はその男が自らの口で味わうこととなった。

弾倉は空だ。シリンダーをスイングアウトして即座に排莢《はいきょう》し、ポーチから5発の弾丸がセットされてるスピードローダーを押し込んでシリンダーを元に戻す。

再び構えると、キィィと錆《さ》びついた音を立てて倉庫の扉が開こうとしていた。

まあそうなるだろうな。と思いながら息を吸う。

「テメェら！　あーしみてぇな女から逃げて恥ずかしくねぇのか！」

声を張り上げて叫んだ。

何人かが振り向き、あーしを認識した瞬間、ようやく怒りが宿ったらしい。

「まだガキじゃねぇか！」

「どっから入りやがった」

「死ぬだけじゃ済まねぇぞ！　オラァ！」

そうだよな。そうくるだろうな。あんたらはメンツを潰《つぶ》されるのが一番嫌いだもんなぁ。

あーしの異常性に気づかず激昂《げっこう》するほどに。

ゆっくり歩いて近づき、見下す笑みを浮かべる。

既に戦意を失い、扉が開くのを待ってる奴もいるが、いいだろう。そっちから逃げるのなら何も問題はない。

「へへっ、よく見たらデケェもん――ヘブッ」

間合いに入った男の横っ面にハイキックをかまし、もう2人の腹を撃つ。

3人は汚い声を出しながら蹲《うずくま》り、それが人生最後に出した声となった。

「さて残り3人は……逃げたか」

全部で8……あ、9人か。充分だろ。

ま、誰も逃げられねぇけどな。

「桜ケ平《さくらがひら》、3人出た。誰も逃すなよ」

3

為《な》せば成る。

私の狙撃の師匠は、昔からそう言って引き金を引いていました。

撃つ度に。標的が的であっても、動物であっても、人であっても。

こうして構えていると、いつも師匠のことを思い出す。あの人は元気にしているでしょうか。

殺しても死ななそうな人ではあるけれど、懐かしむと共に心配にもなります。

さて、いつまでもノスタルジーに浸っているわけにはいかない。これは仕事、切り替えよう。

『桜ヶ平、3人出た。誰も逃すなよ』

「予想通りですね。最初にサポートが必要なのは新志さんの方だと思っていましたよ」

慌てふためいた様子で、3人の標的が倉庫から這々《ほうほう》の体《てい》で逃げてきた。1人はスマホを操作していたけれど、槐《えんじゅ》さんの方の倉庫に合流する事もなく、一心不乱に逃げていた。

「ふぅ、スー……」

息を止め、発射しないギリギリの力加減で引き金に指を当てる。

スコープに映るのは、先頭の標的。

反射のような最小限の力、最小限の指の動きで衝撃と共に【MSG90】が跳ね上がり、スコープから消えた標的は次に見た時、地に伏していた。

「次」

ルーティンは同じ。息を吐いて、吸い、止め、撃つ。

サプレッサーから掠《かす》れた銃声が響き、2人目もヒットする。

「最後。……あ」

3人目に照準を定めたところで、不意に標的が照らされた。どうやら車で待機していた人員に連絡を取っていたらしい。

「まあ標的が増えただけですね。よくある事です」

標的を変更し、運転手に向けて引き金を絞る。

どうやら狙《ねら》いは寸分違《たが》わずこめかみにヒットしたらしい。

前のめりに倒れて、けたたましいクラクションが鳴ったがそれも一瞬。合流した標的が運転手を引き摺《ず》り下ろし、乗り込もうとした。

銃声は夜に消え、標的にはかろうじて届かない。

再度死人を出したことでようやく危機感を持ったのか、標的たちは車から出て車の陰に隠れた。残りは3人。

「防弾ガラス越しでもない限り、意味ないでしょう」

標的の1人が屈《かが》んだ位置。窓を透過して、助手席のドアハンドルから10センチ右。

再び、掠れた銃声が響く。……ヒットしたらしい。いや、死体は見えないけれど、横の標的が立ち上がって慌てているからそう判断した。

「慌てるのは分かりますが、立ち上がるのはどうなんでしょう」

次の弾も致命傷を免れない箇所に吸い込まれ、碌でもない人生の幕引きを飾った。

最後の1人は流石に冷静ではいられなくなり、脇目《わきめ》も振らずに逃げ出す。

真《ま》っ直《す》ぐ、最短距離で逃れようとしていますね。

これほど狙いやすい標的もない。

引き金を嫋《たお》やかに、優しく絞る。

命中はしたらしい。でも着弾の瞬間に躓《つまず》きでもしたのか、脇腹《わきばら》を掠める程度の負傷だ。

すかさず照準し、頭部を撃ち抜く。あのままでも出血多量で助からないでしょうが、せめて苦しまずにという思いを込めて。

「やめましょう言い訳は。スナイパーとして、標的1人に2発使った。これは私の未熟」

こんなところで立ち止まれない。臆病な私はもう死んだ。

もう死なないために、私はどんな仕事もこなしてみせる。そう、師匠のように。

「さて、槐さんはどうでしょう」

不気味なほどに未《いま》だ動きのない、槐さんの倉庫を見る。

視線を移したその刹那《せつな》、私の視界にあるものが映った。

花のような刻印が入った木箱を運搬するボートが。

「武器商人の接近を確認。ボートです」

4

今日ずっと、いや、先輩とかくれんぼをしてから考えていたことがあるッス。

自分に向けられた殺気。その奥に潜む本心と、自分のルーツ。

先輩と自分は、育った環境が同じなんだと思うッス。およそ教育とは呼べない、機械を改造するように人間を改造する施設で、変わっていく心と体。

言ってしまえば、そこは地獄そのものだったッス。

「今思い出しても、久々にゾクっとくる殺気だったッス」

自分たちには、共通点がある。幼い頃に地獄で育ち、生き延びたという共通点。

先輩が放つ殺気に懐かしさを感じて、ずっと思い出していた。

自分を造った人間のような、屈服させるためだけの殺気を。

『武器商人の接近を確認。ボートです』

「おっと、もうそんな時間ッスか」

仕事モードに切り替えッス。

とは言っても、ここの人たちは呑気なもの。ブキ先輩の銃声を聞いても、車のクラクションらしき音が聞こえても、確認しようとすらせず笑っている。

「殲滅の対象間違えてませんかね……?」

そんな心配をしてしまうくらい、危機感のない連中ッス。

「学園長の指示もこなさないといけませんし、早いとこやっちゃいましょう」

眼下には敵さんが取引時間を今か今かと待っている。

彼らの頭上、倉庫の鉄骨の上で誰も見ていない決めポーズを取る。

「ショータイムだ……ッス！」

肩から下げていた愛銃【スコーピオンEVO3】のチャージングハンドルを引き、薬室に弾を装填《そうてん》する。自分仕様に細部までカスタマイズしてもらったこの銃は、手に馴染《なじ》む逸品ッス。

「というわけで、降下」

とん、と軽く跳び、鉄骨の梁《はり》から降りる。

隣の梁に結びつけておいた、厚さ1ミリのカーボン繊維製極細ワイヤーをターザンロープのように使用し、ちょうどいい場所にいた男の横顔に飛び蹴《け》りを放った。

「ちょあー！」

あ、当たりどころが良かったのか、首があらぬ方向に……。

「な、なんだ！　誰だ！」

「じょ、女子高生？」

人数は5人。1人は不慮の事故で片付き、残り4。

「えー、皆様、早速ッスけど……」

銃を構えて、人生の終わりを宣告する。

「皆殺しレッス」

ヒュパパパパ、とサプレッサーから放たれる刹那のフルオート射撃。

当然敵はなんとか助かろうと身を屈め、頭を守るけど無駄。

程なく弾切れし、射撃の動線に入った敵は体に幾つかの穴を開けて動かなくなっている。

「な、な……」

ただ1人、無傷な敵が残っている。

もちろん狙ってやったことッス。この人には、やってもらわないといけないことがあるッスからね。

「安心してくださいッス。自分はあなたを殺す気はないんスから」

ジャリジャリと足音を立てて近づく。

ヤケを起こされないように、ゆっくり、微笑を浮かべながら。

「クソがァッ！」

「ふぉ⁉」

突然、地面に倒れていた敵が半身を起こして拳銃をこちらに向けた。

同時に自分の体は動いていて、太ももに巻いてあるベルトからスローイングナイフを抜き放っていた。

サクッと音が伝わるくらい綺麗《きれい》に刺さり、頭蓋骨を割って脳に達した。

「我ながらいい腕ッス」

「なんなんだよ……なんで……」

「まあそんなことはいいじゃないッスか。それよりも1つ頼み事があるんスけど、聞いてくれますよね？　ね？」

「わ、分かったから……殺さないでくれ」

「ええ、もちろんッスよ」

その人に「頼み事」をする直前。


『全員伏せてください！』


インカムから聞こえた切羽詰まったアオちゃん先輩の声と共に、倉庫の天井《てんじょう》が爆発《ばくはつ》した。

事故？　いや、間違いなく兵器によるものッス。

武器商人にバレた？　外からは見えないのに？　じゃあ嵌《は》められたのは暴力団の方？　指示、命令、自分の命、最優先事項は？　っていうか、自分の思考早すぎ……。

自分は時間の流れが物凄《ものすご》く遅くなっていることを実感しながら、倉庫の天井の鋼材が落ちてくるところを真下からジッと見ていた。

5

爆発音が少々騒がしい夜に轟《とどろ》いた。

「どういうことだ？　青葉、状況を知らせろ」

『武器商人が、槐さんがいる倉庫にロケットランチャーを……』

冷静に伝えようとはしているが、どこか動揺が伝わってくる。

『んなもんまで密輸したのか？　いよいよ戦争でもおっ始める気かよ』

「幽々子、無事か？」

聞いても応答はない。何事もないというわけにはいかないようだ。

「衣吹、幽々子の生存確認を」

『巻き込まれる玉じゃねぇと思うけど』

「いいから行け」

『……あいよ』

「青葉、武器商人は？」

『逃走しました。すでに有効射程から離れていますが、撃ちますか？』

「……チッ、仕方ない。青葉は回収ポイントに移動しろ」

今回の作戦は失敗扱いになるだろう。

だが、本来日本に密輸されていた兵器の流入を止めたところで目的は達成していると言えなくもない。武器商人はすぐに日本を離れられるわけでもないだろうしな。

『おい、映像を確認しろ。倉庫から誰か這い出てきたぞ』

　ふうかの声が聞こえた。

「幽々子か？」

『いや、どうやら違うな』

　ドローン映像が拡大されると、確かに男が1人、崩れた倉庫から這い出ていた。

「幽々子め、失敗したな」

『普通に考えて、止めの瞬間にあの爆発じゃないのか？　どっちにしろ運がいい奴だ』

「そんな事情はどうでもいい。問題はあれを逃せば最悪の形で任務が失敗するということだ。衣吹、逃げた奴を始末しろ」

　好戦的で短気な衣吹のことだ。すぐに仕留められるだろうとそう思った。

　だが帰ってきたのは、至極単純で明快なものだった。

『無理、ゆんの生存確認が先だ』

　至極単純な、命令違反。

「最優先は目撃者を生かさないことだ。今すぐ追え」

『……あー、通信が悪ぃなぁ。──バキッ』

カツン、という衝撃音の後、すぐさま大きな音がして、それ以降衣吹の声がインカムから聞こえることはなかった。奴め、故意的にインカムを壊しやがったな。

「貴様……ッ。青葉！　逃走した男を撃てるか⁉」

『怒鳴らなくても聞こえていますが、無理です。射線が通っていません』

やはり、精神的に未熟な学兵を使うなんてのは無理があったのだ。

誰も彼も自分勝手。生意気。有体《ありてい》に言えば使えないということ。使えない道具と、尻尾《しっぽ》を振らない犬に価値などないというのに。

やはり、確実にコントロールできるのはオレ自身だけだということ。

やるべきことは決まっている。

「貴様ら、帰ったら覚えていろ」

そう吐き捨て、オレはバンから飛び出した。

6

爆発があった倉庫街から、さほど離れていないコンテナヤード。

男はコンテナで遮《さえぎ》られた迷路を、恐怖を浮かべながら走っている。

「ヒィ、ヒィ、ヒィ……！　誰だ！　なんなんだ！　どこにいるんだ！」

オレはコンテナの上から物音をたて、男を袋小路に誘導する。

男は生きるため、逃れるために、どこへ誘導されているかも分からぬまま走り続ける。

やがて、袋小路に突き当たった。

コンテナから飛び降り、男と対峙《たいじ》する。

「質問がある」

「なんなんだよぉっ、なんでこんなことに……」

過呼吸気味にぶつぶつと呟く男の口を摑み、黙らせて目を合わせさせる。

「いいか？　質問に対しての返答だけをしろ。それ以外は許さん」

目を剝いた男は涙を溢《あふ》れさせ、こくこくと頷いた。

「武器を密輸した目的は」

「し、知らねぇんだ！　お、おれは付いて来いって言われただけで……」

「嘘《うそ》の代償は、死ではなく長く続く苦痛だぞ？」

腰からナイフを引き当て膝に這わすと、男はさらに呼吸を荒くした。

「誓って本当です！　こんな状況で嘘なんか吐《つ》けるわけない！　兄貴にも、おれは何も知らなくていいとしか言われてないんだ！　本当だ！」

「分かった。次、武器商人の名前は？」

「知らない……今朝《けさ》、取引があるって聞かされたんだ」

嘘を言っている様子はない。そもそも武器商人との連絡にこんな下っ端が関わっている可能性の方が少ないか。

恐らく武器商人への連絡方法を問いただしても、コイツからは何も得られまい。

「ふむ、分かった。信じよう」

その言葉に、男は安心したように大きく息を吐いた。

「もう1つ訊《き》く。倉庫の中で制服を着た女と何か話したか？」

「え……あ、話した。話しました……けど何か言う前に天井が崩れて……」

「……そうか、質問は以上だ」

男は一呼吸置いて、オレの顔色ばかりを窺《うかが》う。叱《しか》られると理解している子供のように。

「な、なあ、もう行っていい……ですか？」

男は怯《おび》え切った表情で訊いてくる。

質問の意図を図ると、そういえば言ってなかったことがあったと思い出した。

「今回の一連の出来事は、全《すべ》て事故として片付けられる。殺しも、爆発もだ」

「な、何を言って……」

嫌な予感はしていたのだろう。最初から生かしておく気などないのだから。

「この事故の真相を知る者は生かしておけないんでな」

男の心臓に、深々とナイフを突き刺した。

動かなくなった男は地面に横たわる。遠くからはサイレンの音が聞こえ始め、そろそろ退く時間かと、クリーナーに死体の回収を命じ、その場を後にする。

バンに帰ると、青葉と衣吹、そして幽々子がすでに戻っていた。目立った外傷はなく、纏《まと》う雰囲気もいつもと変わらない。後ろめたいことはなさそうだが、断定はできない。

『タイムオーバーだ。A班は帰投しろ。……フィクサー、説教は後にしてくれよ』

ふうかが機先を制すと言わんばかりに、説教は後にしろと陳ずる。

「分かっている」

苛立《いらだ》ちを隠そうともせず、バンを走らせて学園へと戻った。

7

学園に帰ってきて、すぐにマスターから着信があった。

最優先で学園長室まで報告に来いというもので、当然何よりも優先して従った。

「任務ご苦労。経緯は既に千宮から聞いている。早速だが、羽黒潤以外は席を外せ」

本当に早速だった。仕事の報告はそもそもフィクサーの義務なのだが、この後の説教が控えているため同伴させていたチームを撤収させろと促す。

説教自体はいつでもできると判断し、マスターの指示に従って撤収を指示した。

「んじゃ、つかれー」

「お疲れ様でした。失礼します」

「お疲れッス。さ、お風呂《ふろ》お風呂っと♪」

「それじゃあ、ボクは今日の映像を解析してるから、何かあったら呼んでくれ」

各々が退室を口にして解散する中、オレは休めの状態で待機している。

「さて、羽黒潤。今回の件、説明して貰《もら》おうか」

「今回の件とは、どのことだ」

武器商人を確保できなかった件か、現場に大きな痕跡《こんせき》を残してしまった件か、チームの命令違反の件か。責められる要因はかなり多い。

「今作戦において、命令違反が発覚した件についてだ」

そのことか。

「その件に関しては、事前に奴らの性格を把握しきれていなかったことが原因……」

「何か勘違いをしているな。命令違反というのは貴様の行為のことだ、羽黒潤よ」

……どういうことだ？　と思ったが、脳裏を過《よぎ》ったのはマスターの「できるだけ現場には出ないようにしろ」という言葉。理解した瞬間、背筋に冷たいものが走った。

極めて冷静に努めつつも、脳をフル回転させる。

「しかし、あの場面でオレが出なければ、武器商人も捕らえられない上に、目撃者を1人逃す事態に陥《おちい》っていたはずだ。最善でなくとも、最悪は避けたつもりだ」

無駄だと思っていながらも、口から出る言葉は保守保身のための口八丁。こういう言い訳はマスターが最も忌諱《きい》することだと知っているのに、どうしても止められなかった。

「貴様にしては保身的な回答だな。自分の首が飛ぶことが怖いか?」

「……オレのことはどうでもいい。上から煙たがられているマスターがハンデを背負うことになるのだけは避けたかったが故の行動だ」

これ以上恥を重ねるなという心と、どうしても捨てられたくないという心がせめぎ合う。

「あくまで私のためだと、貴様はそう言うんだな?」

「ああ、嘘偽りなく」

「……はぁ、やはり荒療治が必要か」

マスターは眉間《みけん》を押さえて大きな溜息《ためいき》を吐く。心臓が跳ねた。

それだけはやめてくれ。それだけは言わないでくれ。

そう願いつつも、現実はいつも非情に「それだけ」を奪っていく。

「羽黒潤。本時点を以《もっ》て、ボディガードとしての任を解く。専任のフィクサーとして、また、紫蘭学園の学生として生活せよ」

目の前が真っ白になり、立ちくらみのような浮遊感が押し寄せる。

「それと、今作戦においてのA班の命令違反については一切《いっさい》お咎《とが》めなしだ。追及も許さん。話は以上だ、退室したまえ」

なぜだ、なぜ、なぜそうなる……！

これ以上はもう話すことはないと、椅子《いす》を回転させて窓の外を眺めるマスターの机に詰め寄ってバンと叩《たた》いた。もはや自分でも、何をやっているのか分からなかった。

「マスター！　なぜオレが……」

「退室したまえと、そう言ったはずだ。首輪は外した、貴様は自由だ、人生を謳歌《おうか》したまえ」

既に目も合わせてはくれず、有無を言わさない退室しろという圧を受け、重い足取りで何度か振り返りながらも自室に戻った。

8

全てを失った。

自分の心を映したかのような真っ暗なままの部屋で、ただ何もせず座っているだけ。

オレという人間、いや、オレと同じ人種は飼い主に恋や愛に似た感情を抱き、盲信するように教育されている。それは暗示といった方が正しいのかもしれない。

故に捨てられるという事実に打ちひしがれてしまうのは当然の帰結だった。

飼い犬は飼い主がいなければ生きていけない。ただそれだけのこと。

元々オレには何もない。胸にポッカリと穴の空いた空の入れ物から、マスターという要素がこぼれ落ちた時、オレの存在価値は絶無となる。

「くそっ、頭が……」

血管が切れそうなほどの痛みが走る。

冷蔵庫からペットボトルを取り出し、水を一気に飲み干した。

空のペットボトルを見つめる。人はいつまでもこのゴミを大切に持っているだろうか。考えるまでもなく、答えは否だ。

手にあるゴミを握りつぶし、無造作に放る。わざわざ床に転がるゴミを拾いたがる者はいない。そしてオレの価値はアレとそう変わらない。

「所詮《しょせん》オレも、ただ捨てられる道具か。昔から何も変わっていないな」

オレの心は既に崩れ始めていた。

自分を嘲《あざけ》るほどに。

「……もう、いいか」

生きている意味はない。価値はない。使われなくなった道具は、処分されて然《しか》るべきだ。

本気で死ぬことを考えた時だった。

こんこんこん、と扉がノックされ、続いて声をかけられた。

「羽黒くん、海老名《えびな》です。入りますよ」

言うが早いか、ガラッと引き戸を開け放ち、オレの顔を見て開口一番。

「酷《ひど》い顔ね。まるで昔の自分を見ているようだわ」

と呟いた。

「詩織《しおり》か。何だ？　今は余裕が無い。構ってやれないぞ」

「心配ご無用。私が構いにきたんだから」

「なんだと？」

「これでも教職。カウンセリングくらいはできるのよ？」

「カウンセリングだと？　誰のかは知らんが、別の部屋でやってくれ」

「あなたのに決まっているでしょう」

分かってはいたが、詩織は本気でカウンセリングを行うつもりのようだ。

「必要ない。1人にしてくれ」

「嫌。1人にしないために来たのだけれど？」

「仕事が早く終わってよかったじゃないか。日本人の過重労働はクレイジーだからな」

「……会話すらできないのね」

重症かと言わんばかりに首を振る詩織だが、部屋から出る気はないらしい。

オレとしても、もう誰とも話す気にはならん。気は進まないが、これ以上居座るなら実力行使だ。少し脅せば帰るだろう。

「もういいだろ。これ以上ここに居座るつもりなら、命の保証はしない」

詩織は息を飲んだ。だが、引き下がるつもりはないようだ。

それならと、手を伸ばせば届く距離まで接近する。

「……話題を変えましょうか」

「諦《あきら》めて帰れ。さもなくば……」

「なぜ学園長、あなたのマスターがあなたを切り離したのかとか」

実力行使に出ようとした体がぴたりと止まる。

「お前に、何が分かる」

こうやって聞いてしまうのは詩織の思う壺《つぼ》なのだろうが、内容が内容だけに聞かずにはいられない。オレが捨てられた理由の鍵を、詩織が持っていそうな気がしたから。

「付き合いはものすごく短いけど、彼女を信仰している羽黒くんよりは、客観的な視点を持っているわよ。だから、なんとなく分かる。あの人がどこまで考えているかなんて知りたくもないけど、その一端。左遷されてまでこの学園に来た理由とかね」

座ってもいいかしら？　と無言でソファに目を向けて確認してくる。

オレが座ると、詩織は向かい側に座った。

「で、何から話しましょうか」

「回りくどいのは好かん。核心だけでいい」

「もう少し会話を楽しみたいところだけど、まあいいわ。『クラスの人間と仲良くしろ』そう学園長に言われなかったかしら？」

言われたが、それが核心だと言うのか？

「羽黒くんがどう判断して行動したのか詳しくは知らないけど、間違ってたの」

「間違っていた、だと？」

「そう。話は変わるけど、人は恐怖に従うと思う？」

「ああ、それが人だ」

暴力、知力、権力、財力など、人に恐怖を与える力は様々だが強い者に屈服するのが人間だ。少なくともオレが知る、人の上に立っている人間というのは、力による恐怖で他者を支配している。当然マスターも例に漏《も》れない。

そんな分かりきったことを聞いて何だというんだ。そう訊き返す前に、詩織は口の前で小さなバツを作った。

「ぶー、不正解。人は必ずしも恐怖に屈するとは限りませーん。人は恐怖に抗《あらが》い、打ち勝つ力を持っているわ。それと同時に、恐怖には抗いたくなる人種も存在する」

「世迷言を」

「じゃあ、今日の作戦で彼女たちが命令を無視したことはどう説明するのかしら？　あなたが恐怖で支配したはずの子たちは、誰もあなたの命令を最優先にはしなかった。違うかしら？」

指鉄砲でパンと心臓を射抜いた詩織は、どこか楽しそうに言った。

そしてオレは、音も衝撃も殺傷力もない弾丸が直撃し、ただ固まった。

「仲良くしろっていうのは文字通りの意味よ。友情、親愛、愛情、と捉えてもいいかもしれないわね。とにかく羽黒くんの課題は固定概念を潰すこと。あなたが受けた教育の暗示を解くためにも、それは必要不可欠なこと」

「……詩織、お前はどこまで知っている？　どこまでマスターに聞いたんだ？」

オレの根幹に触れるような発言の情報源は間違いなくマスターだ。あの人が、それが必要だと判断したから情報を開示したのだろう。

「さぁ？　必要なことだけは知っているわ。必要以上は聞かないし、聞かされた情報は利用する。それだけのことじゃないかしら」

詩織ははぐらかしながら戯《おど》けて見せた。開示された情報は聞くが、詮索《せんさく》をするつもりはないというスタンス。徹底的に少しの距離感を保った教師でいようとしているのだろう。

オレには、最高の殺しの技術や身に余る高度な学問、知識を教える教官たちは数知れずいたが、技術でも知識でもない、人としての最低限を教えてくれる教師はいなかった。

それを今、詩織は教えてくれている。

そう考えると、心臓に巻き付けられた鎖が1つ解けたかのように、心が軽くなった。

「とにかく、以上を踏まえて結論付けると、今のあなたに必要なのはお友達ってことね」

「……はっ、お友達だと？　詩織、もう少し歳《とし》を考えて言葉を選べ。痛いぞ」

「ほんっと憎たらしいわね。……でも、調子戻ってきたじゃない。羽黒くん、あなた自身が大きく変わることはない。変えるのは目的意識。ほんの少しだけ照準を変えて、別の的を探してみて。必要なこと、大切なものに気づけるはずよ」

そんなものが見つかるかどうかは別として、それを探すのは、今のオレにとって大切な行為なのだろう。

詩織は指で輪っかを作り、覗《のぞ》き込む。

「得意でしょ？　的探し。元々狙撃手って聞いたし」

この人は紛れもなく教師だ。

オレに殺しの手練手管を指導したあいつらとは違う、人生を教えてくれる教師。

「ああ、そうするよ。マスターにはやることがあるから少し暇をくれと言っておいてくれ」

「その必要はないでしょ」

「なぜだ？」

「あなたはもうボディガードから外れたんだから」

「それもそうか」

嘘のように荒れた心が静まり返るのを感じる。

「……もう、大丈夫みたいね」

詩織はクッと手を上げて背筋を伸ばした。

「ふぁあ……今日は帰るわ。また明日、授業には出なさいよ」

退室する間際《まぎわ》、詩織は床に捨てられたペットボトルのゴミを拾う。

「ペットボトルだって、リサイクルすれば人の命を救えるし、インフラにも、物資にもなる。捨てられた物を拾って意味を与えられる人は必ずいる。人はいつだって考え、成長するの」

オレの憂慮を全て吹き飛ばしていくように、最後の心のわだかまりであったペットボトルすら拾っていく。

「せっかく学生になったんですもの。青春を謳歌してみるというのはどうかしら」

部屋は暗く、明かりなどなかったが、詩織の表情ははっきりと明るい笑みを浮かべていた。

嵐《あらし》の後の太陽のような人だと思った。悩みなど全て吹き飛ばし、これほどまでに晴れやかにしてくれるのだから。

「詩織、あんたは思っていたよりもいい女だな」

「あら嬉《うれ》しい。やっと認める気になったかしら？」

「ああ、魅力的だ」

「……さ、揶揄《からか》うのはここまでよ。なんか暑くなってきたじゃない」

急ぐように廊下に出て、改めて「おやすみなさい」という詩織に、オレはあることを謝っておくことにした。

「初対面の時、尻《しり》の軽そうな女だと思ってすまなかった」

「ちょ！　そんなこと思ってたの⁉　ここを開けなさい羽黒くん！」

「おやすみ、詩織」

「やはりあなたには説教が必要なようですね！　ドギツイのを、ええ、それはもうドギツイのを！　出てきなさーい！」

そんな声を、秋の虫の音を訊くような気持ちで耳に流し、笑みを浮かべる。

今日は思ったよりも、熟睡できそうな夜だ。

Tournant décisif. ――僅かな心の変化点――

熟睡できたからと言うわけでは無いだろうが、懐かしい夢を見た。

遠い過去、幼い記憶。

そこは、国際的テロリストが指導する養成施設、イエローアイリス。

オレはその施設で生まれ、育てられた。

おもちゃとして与えられたのは銃とナイフ。窓もない部屋で、訪れるのは食べ物を運んでくるだけの世話係。それだけが世界の全《すべ》てだった。

6歳になった頃、本格的な育成が始まった。

近接格闘を始め、さまざまな国の語学や数学、化学、科学、物理学、哲学、宗教学、ありとあらゆる知識の教育を施された。


育成の過程で出会った双子の少女、姉のローズと妹のダチュラが教育係になった。

赤い髪を雑に纏《まと》めた粗野な奴《やつ》がローズ。赤い髪を下ろしたメガネがダチュラ。

初めて会った外の世界の人間は、オレにも分かる言葉でこう言った。

「こらガキ、歳上《としうえ》の女に会ったらまず処女ですか？　って訊《き》け。ほれ、言ってみろ」

「お姉ちゃん、品がないよ。君は気にしなくていいからね」

双子なだけあって似ているがどこか正反対なのが印象的だった。

「……ショジョってなに」

訊くとローズは吹き出して笑い、ダチュラはガクッと肩を落とした。

「いいか？　処女ってのはまだ人を殺したことのねぇ女の事だ。ちなみに私は何人もヤッてるが、ダチュラは処女だ」

「なんか、もうめちゃくちゃなんだけど。……あ、そんなことしてる場合じゃないよお姉ちゃん。軽い自己紹介の後すぐ集合しなきゃジャックさんに怒られちゃう」

「えー、あいつ嫌いなんだけど」

「いいからっ！　早く行く！」

ローズを見ていると、ダメな大人になりそうで嫌いだった。

ダチュラを見ていると、心労まで伝わってきそうで嫌いだった。

だが、外の世界の人間は、オレと違って表情豊かで自由なのだと理解できた。

「そうだ、君、名前は？」

「……ヴァン」

生まれてこの方呼ばれ続けた名を告げると、双子は驚いた表情に変わる。

「ああ、【20番目】ってこいつのことか!」

「そうみたいね。とにかく急ご、待たせるわけにはいかないから」

2人から差し出された手の意味を理解できずに観察していると、無理やり引っ張られて外の世界へと連れ出され、同時に目を覚ました。

あの双子は今どうしているだろう。死んでいるとは思えない。

オレはマスターに救われ、イエローアイリスと敵対する道を選ぶことができたが、その道が絶対に選択肢として浮かばない双子とは、いずれ殺し合う日が来るだろう。

育ての親、2人の師はイエローアイリスから脱柵《だっさく》したオレを決して許しはしないのだから。

1

午前5時。

普段よりも快適な目覚めを味わったオレは、動きやすい服に着替えて外に出た。

日課のランニングをしようと思ったのだが、いかんせんこの島の地形をまだ把握しきれていない。とりあえず初日は学園の周りでもと走りだすと、前方に衣吹《いぶき》が見えた。

学園支給の体操着で、上着を括《くく》ってへそを出した姿で走っている。

「……付いて行くか」

かなりペースを上げているようで、オレの普段のランニングと変わらない速度だ。

目算70メートル後方を黙って走り続ける。もしやこれがストーカーかと思ったが、考えたら負けだと思考を投げ捨てた。

「ん？　ペースを上げたな」

くだらない考え事をしている間に、衣吹との距離は広がっていた。

「気づかれたか」

隠れていたわけではないが、気づかれたのなら追いついても問題ないかとペースを上げる。

オレがペースを上げると、衣吹もさらにペースを上げた。

「負けず嫌いか」

もはやダッシュなのだが、基礎体力は流石《さすが》にオレの方が上のようだ。

距離は縮まり、手を伸ばせば届く距離にまで近づいた。

「ハァ……！　ハァ、ァんだよ！　付いてくんじゃねー」

「日課のランニングに出たらたまたま見つけただけだ」

「付いてくる必要ねぇだろうが」

それもそうだな。だが、目的もなく追い回していたわけではない。

「なんというか、もう少しお前たちのことを知ろうと思ってな」

「……は？」

衣吹が飛び退《の》くように離れた。

「キモ」

「いや、そういう話じゃなくてな」

衣吹は明らかに身の危険を感じているような仕草をしている。

まるで自分の貞操を狙《ねら》っている変質者にでも遭遇したかのように。

「変わんねぇだろ。あんだけ高圧で高慢な奴が突然そんな態度取ったら警戒すんのが普通だ」

それもそうだな。急に態度を変えても疑念は深まるばかりか。

「分かった。付いて行くだけにしておこう」

「付いてくんなっつってんだろッ！」

不意に飛んできた拳《こぶし》を摑《つか》んで止める。

「腰が入った良いパンチだ」

「クソがッ！　良いか？　この際はっきり言っとくが、あーしは誰《だれ》とも仲良くするつもりは無ぇ。あんたとも、A班の連中ともな」

「じゃあなぜA班に留まる？」

「こっちにも事情があんだよ。心配しなくても目的を達成したら出ていくよ」

そう呟《つぶや》く衣吹の顔に影が差した気がした。

抜けたいから抜けるとはいかない組織なのだが、今は茶化す時じゃないだろうな。

「……お前の目的に関しては聞かないことにする」

「ああ、そうしてくれ」

衣吹の目的。その退《の》っ引《ぴ》きならない事情とやらは知らないが、恐らくこの学園に来ることとなった根幹なのだろう。

だとすれば、オレが今こいつにしてやれることは、その時が来た時の備え。そしてその時が来る前に死ぬことへの備えだけだ。

「必要だと感じれば、オレがお前を鍛えてやることもできるが……」

「必要無ぇ」

「だろうな。だがいつでも受け付けてやる」

焦《あせ》る必要はない。どちらにせよA班全員にテコ入れは必要なのだ。

簡単に死なない程度には鍛えてやらねばならん。

「そうかよ。勝手に待ってろ」

そう吐き捨て、衣吹はランニングを再開した。

「難しいな」

本心が口から漏《も》れた。

人間関係の構築とはこんなに難しいのかと、今初めて知った。

だが、そう遠くない内に鍛えることになるだろうという漠然とした予感を感じていた。

2

午前7時。

自室のシャワールームで汗を流したオレは、制服に着替えて教室に来た。

既に教室に入っていた青葉《あおば》がこちらを見たが、すぐに手元の小説へと視線を戻した。

特に青葉にかける言葉も見つからず、オレは机にカバンを置いた。

「……あの」

「なんだ?」

話の種がないと思っていたが、まさか青葉から話しかけてくるとは思わなかった。

「その……なぜ、隣に座るんです?」

青葉の顔が若干引いていた。

「なぜ、とは?」

「いえ、これだけ広いんですから離れて座ったらどうですか?」

「なぜだ?」

「いや、あの……はぁ、もう良いです」

A班の教室に席順などないから当然隣に座ったのもわざとなのだが、青葉は結構押しに弱いらしい。

「ところで今読んでるのは」

「聞きたいんですか？」

……聞かない方が良さそうだ。その鋭い眼光は猛禽《もうきん》類のそれを彷彿《ほうふつ》とさせるものだった。

緩やかに時間が流れて行く中で、こんなにのんびりしたのはいつ以来だろうと考えた時、

「訊いても良いですか？」

小説から視線を外さず、質問をしてくる。

「なんだ」

「訊かないんですか？　私たちが命令に従わなかったことについて」

表情こそいつもの無表情ではあるが、後ろ暗いことでもあるかのような質問だった。

「ああ、訊かない」

「なぜでしょう」

「……あの時のことは追及するなと命令されている。それだけだ」

「そこに、あなたの意思はあるのでしょうか？」

そんなことを聞いてどうするのか。

青葉の真意は計りかねる。今は一種の世間話として答えておこう。

「無いな。命令を遂行するのは義務であり、唯一許された存在価値だからだ」

「まるで操《あやつ》り人形ですね。死ねと命じられれば死ぬんですか?」

定型文のような皮肉には、微《かす》かな怒気が含まれているような気がした。

「ああ、迷いなく死ぬだろう」

「……やはり私は、あなたのことが嫌いです」

口を閉ざし、小説の物語の世界に閉じこもった青葉を横目にふと考える。

マスターはあの時オレに死ねとは命じなかった。

それはつまり、オレの利用価値はまだあるということ。

彼女が何を望み、どこまで見据えているのか、考える必要があるのだろうか。

いや、考えすぎだ。オレはただ命令に従っていればいい。考えるのは命令されてからでいい。

「おやおや、お2人さんお早いッスね~」

ビックゥッ! と肩を跳ね上げた。青葉が。

「幽々子《ゆゆこ》か」

「おはよッス、先輩方」

「お、おはようございます。槐《えんじゅ》さん」

へにゃっと砕けた敬礼で登場した幽々子だが、扉は開いていないのだ。一体どこから……窓が開いてるな。

「いい加減ドアから入ったらどうなんですか?」

「チッチッチ、忍者娘の幽々子ちゃんのそんな普通の登場は誰も望んでないんスよ」

「私が望んでますが?」

「さぁてと～、今日のホームルームはなんスかねぇ」

幽々子はオレの隣にカバンを置くと、のらりくらりと青葉の視線から逃れる。

「おい青葉、本が落ちているぞ」

「拾わなくていいですッ!」

その荘厳なブックカバーに包まれた小説を拾い上げると、熟練の暗殺者がナイフを振るが如《ごと》き速度で手から奪われた。

「だめッスよ先輩。アオちゃん先輩の読書時間を邪魔したら」

「最初に邪魔をしたのは幽々子だろう」

「覚えてねッス」

「うるさいです」

幽々子と互いに「お前のことだ」「先輩ッスよ」という視線を交わしていると、

「うぃーす……」

と衣吹が後ろの扉から入ってきた。

そしてオレの方を見て露骨に嫌そうな顔を浮かべて、一番遠い席で寝始めた。

「はい座ってくださいねー」

ほぼ同時に詩織《しおり》が来て、ホームルームが始まる。

そして、少々特殊な場所ではあるが、人生で初めての学園生活というものが始まった。

3

「今日のホームルームですが、新しいフィクサーが来たことだし、この学園の説明をしますね。分からないところがあればなんでも質問して？　業務上答えられない場合もあるけど」

詩織は黒板に板書していく。

ちなみに青葉は本を読み始め、幽々子はあやとりで超絶技巧を繰り返し、衣吹はすでに寝ている。誰も興味は無いようだ。

「特別職養成校、紫蘭《しらん》学園。立ち位置的には陸自の高等工科学校みたいなものだけど、紫蘭学園は詳しい情報は対外に出していない半秘匿組織だから、当然守秘義務が生じます」

わざわざ外にリークする人間はここにはいないとは思うが、詩織は念を押してくる。

実働部隊でない学生にどういう処分が下されるのかは知らないが、オレたちが守秘義務を逸した場合は銃殺刑か、あるいは終身刑であることは間違いないだろう。

「校則なんかは一般の学校と大きく変わる項もありますし、学生証に記載されているので自分で確認してくださいね。……確認してくださいね？　羽黒《はぐろ》くん」

釘《くぎ》を刺された。初対面の時の影響だろうな。

渋々、胸ポケットに入れていた学生証を確認する。

ざっと目を通した感じでは、服装の指定や学生鞄《かばん》の規定、持ち込み物の規定といった無難そうな項目が並び、髪染めの禁止等も挙げられているが、国外から来た学生や、外国人の親を持つ学生もいるため、おそらく形骸《けいがい》化されているのだろう。

そして、島外への外出に関する項では、本当に学生たちはこれを読んでいるのか？　と疑わしくなるほどに長々と文字が綴られている。

「それすごいッスよねぇ。その学生証、半分くらいは外出の項目で埋まってるッスよ」

「なるほど？　読ませる気はないというわけか。これを読むのは友達がいないよっぽど暇な奴ということだな」

「そッスね。わざわざ普通のことを面倒そうな文に置き換えてるだけの文字の羅列を読み込む人は、多分会話が嫌いで文字が恋人なぼっちちゃんッスね！」

あはははは～、と幽々子が笑い飛ばす中、青葉が本で顔を隠し、プルプルと体を震わせる。

「おい、青葉……」

笑いがトーンダウンして余韻だけが残り、あ～……という声とともに幽々子が頬《ほお》を掻《か》く。

「……私は一応目を通した程度ですが、普通に遊ぶ分には問題ないですよ」

どうやら読んだ奴がいたらしい。

そして目を通した程度とマイルドに言っているが、青葉の性格上、隅々まで読み込んでいるのだろう。どうしてこういつも期待通りの反応をしてしまうのか。

「はいはい、良いかしら?」

板書を終えた詩織がカッと黒板をチョークで鳴らす。

黒板には学園の組織図がピラミッド型で描かれており、一目見ただけで誰がどの立場なのか分かりやすくなっている。

「基本的にこの学園は防衛省の組織図に組み込まれてるので、トップは国です。それでも学園の全権は現学園長に付随します」

「よくある責任の押し付けか」

「私の口からは肯定しませんからね」

それも肯定しているようなものなのだが、この世界においてはっきり言及しないことは、自分の身を守ることでもあるのだ。上に通用するかどうかは別として。

「だからあなたたち実働班並びに作戦の痕跡《こんせき》を隠蔽《いんぺい》するクリーナー、情報支援科の子たちはほとんどが警察官や自衛官になるの。選択肢も多くはないし、紫蘭学園を卒業することで待遇が少しは良くなりますからね」

実働班のような仕事ができない学生でも、別の仕事はいくらでもあるということだ。むしろ後者の方が多数派だろうな。それほど、任意で人を殺せるというのはある意味で異常なのだ。

「この学園に来る学生の境遇を考えれば、随分と優しいな」

「減少傾向にある隊員確保の苦肉の策でもありますし、さまざまな理由で学校に行けなくなった学生たちを支援する施策も国を挙げて行われてますから、都合が良かったんでしょうね」

まあ、テロリストに仕立て上げられないだけマシだろう。

イエローアイリスには選択肢などなかった。殺せなければ生き残れないし、手厚い施策なんてない。あるのは暗示と言う名の洗脳だ。

そんな環境に比べれば、かなり優遇されていると言っていい。

「え〜、生徒数は現在３００人前後。羽黒くんみたいに現場経験者かつ18歳以上で転入してくるのは珍しいけど、そういう人は特別。実働部隊に3年間配属された後、特殊部隊に配属になるわね」

それはごめん被る。オレはマスターの下でしか仕事をしない犬だ。

「彼の性格上面倒しか起こさないと思いますが」

「でしょうねぇ、先輩は特殊部隊でも持て余しそうッス」

ぼそっと青葉が呟き、幽々子が肯定しながらおちゃらける。

「特別と言っても、一般教科の授業も特別教科も修学する必要がありますからね」

そう言って、特別教科と銘打って板書を再開する。

射撃、近接格闘、爆弾処理、情報支援、その他にも色々と。

それらの技能を卒業後に活かすことを考えるならば、必然的に進路は決まってくるわけだ。

「とりあえず説明しないといけないことはこのくらいかしら。フィクサーの業務については学園長から説明があったでしょうし。……何か他に質問はある？」

「じゃあ1つだけいいか？」

「どうぞ」

手を差し出して促してくる。

その表情は慈愛に溢《あふ》れ、オレが何を聞こうとしているのか、分かっている風な表情だった。

「この纏まりのない奴らと仲良くする方法はあるか？」

「……は？」

「……へ？」

「ぷっ、あはははは！　ごめんね、笑っちゃって。まさか一晩でこんなに変わるとは思わなかったから。でも、そういうのは人に聞くようなことじゃないわ。あなたが探っていくの」

青葉と幽々子は呆《ほう》け、詩織は盛大に吹き出して笑った。

詩織はずれたことを考えているようだが、その考えは断じて違うと否定しておこう。

仲良くしろとはマスターが言ったことだ。ならオレはそれに従う他ない。

それが課せられた契約なのだから。

オレの全てを捧げる。その代わり――


マスターとオレの間に交わされた契約。その縛り。

その契約が守られる限り、オレがマスターに逆らうことは死と同義なのだ。

……しかし、詩織はいつまで笑っている。

「何を勘違いしているのかは知らないが、これはマスターの命令だ」

「ぷふっ、ええ、そうね。命令だものね。仕方ないものね」

結局チャイムが鳴るまで詩織は笑い続けた後、名簿を持って手を振りながら、

「じゃあ、青春を楽しんでね」

と言った。

詩織が教室から出ると、さっきから露骨に避けている青葉も足早と教室を出、幽々子は非常にイラっとくる笑みでオレの肩を叩き、立ち上がって自分の学年の授業を受けに行った。

オレも行くかと立ち上がる。ちなみに高等教育の1年目なので幽々子と同じ授業だ。

全員が出て行った教室には、衣吹の寝息だけが聞こえていた。

4

全ての授業が終わり、放課後を告げるチャイムが鳴り響いてしばらく。

過去にイエローアイリスでの教育を受けていたこともあり、普通科目も特殊技能も遅れはなかった。改めて、幼い時分には有り余る教育だったのだと再認識させられた。

現在教室は無人。衣吹も青葉も足早に帰り、幽々子は挨拶《あいさつ》だけして窓から出ていった。

「本当に同じチームなのか、アレで」

オレ自身人のことを言えないと自覚はしているが、協調性の欠片《かけら》もない。

作戦行動においては多少融通は効くようだが、日常生活は絶望的だ。

裸の付き合いや、同じ釜《かま》の飯を食うと信頼関係を築くことができるらしいが、まだまだ無理そうだ。本当に人付き合いとは難しいものだな。

「しかし、すぐに帰る意味があるのか？　詩織が言うにはプライベートで本土に渡れるのは休みの日だけらしいが、他に娯楽でもあるのか……」

そこまで考えて、はたと気づく。

「まあ奴らも年頃《としごろ》ということだな」

自身の中にこれしかないという完璧《かんぺき》な答えを導き出し、部屋に戻る。

ソファに腰を下ろし、冷蔵庫から取り出した目薬を注《さ》して眼筋のストレッチを入念に行った後、ゆっくりと目を開けた。

「どうも～、呼ばれて飛び出て幽々子ちゃん！　ッス」

オレの体は咄嗟《とっさ》に胸ポケットのボールペンを握り、襲撃者の側頭部に刺しにかかる。

「うぇっ⁉　ちょ、ちょっと待つッス！　どうどう、ほら自分ッスよ！」

とび跳ねるようにその場から離れた幽々子は、垂れた冷や汗を拭《ぬぐ》い、両手で降伏を示す。

しかし、警戒は解けない。どうやって、どこから入ってきた？　オレが全く気づかず接近を許すなどあり得ない。

場合によってはこいつを危険人物と認識し、排除を……違う。そうじゃない。

「すまん。咄嗟に動いたとはいえ、殺しにかかるのはやり過ぎだったな」

これは褒め称えられる恐るべき技術だ。殺す必要はないし、危険だと認識する必要もない。

流石に昨日今日の話では、以前の癖《くせ》は抜けないものだな。

「い、いえ。おどかしたのは自分ですし、それに、今回もてっきり気づかれてるものかと」

「素晴らしい技術だった。このオレが実際に目視するまで気づいていなかった」

「そッスか。……ちょっと自信戻ったッス」

はにかむ幽々子が、一瞬だけとても純朴そうな人間に見えた。

思えば、幽々子は初対面の時から距離感が近かった。互いに互いの噂《うわさ》くらいは知っているんだろうが、ここまで懐かれる理由が分からない。

何か思惑があるのか、単に興味や好奇心からか。……どちらにせよ訊けば済む話だな。本当のことを話すかはこの際置いておくとしよう。

「で、部屋まで何をしにきた?」

「そこまで警戒しなくてもぉ、自分からしたら一緒に同学年の授業を受けたお友達の部屋に、って感じッス」

嘘《うそ》ではないだろう。しかも、思えばこれは人間関係を構築するチャンスではないだろうか。

「……ふむ、まあせっかく来たんだ。珈琲《コーヒー》でも出そう」

「それはいいッスね。先輩とお茶も楽しめそうッス」

珈琲豆の重さを量って豆を挽《ひ》き、一度蒸らしてからお湯を注《そそ》いでいく。

小さなカップにミルクを注ぎ、角砂糖の入ったポットをトレイに乗せて机に置いた。

「ほほう、これは本格的な……」

「計量さえすれば誰にでもできる」

カップを持ち上げ、香りを堪能してから口に運ぶ。いつもと変わらない味だ。

「結構なお手前で」

茶室ではないのだが……と思うと同時、幽々子の手が高速で動いていることに気がついた。

それはもう素早い動きで、ミルクと角砂糖を投入しているのだ。

「気が利《き》かなくてすまなかったな」

「まあ好みなんて教えてないッスからね。ちなみに自分は結構甘党ッス」

そう言えばそうだ。

オレは幽々子の好みの味も知らなければ、趣味や特技なんてのも知らん。そしてそれは青葉や衣吹も同じこと。オレは何もしていないのだ。自分から歩み寄る意思すら見せずに、奴らのことを知ろうなどそれこそ衣吹が言う通りストーカーのやることだ。

「幽々子」

「なんスか？」

「……放課後はどう過ごしてるんだ？」

「どしたんスか。いきなり」

「なんというか、少々心境の変化があってな」

正直に信頼を築きたいとでも言えばいいだろうに、なぜか素直に言うことを避けていた。

「……なんか、変わったッスか？　先輩。昨日まではもっとこう……ドーベルマンみたいでしたけど、今はすっかり迷子のシベリアンハスキーって感じッス」

全く分からん。こいつは何を言っているんだ？

「なぜ犬で例える。そしてなぜに迷子」

「まあまあ、そんなことは置いておいて。そッスね、放課後は大体アオちゃん先輩と一緒に学園を覗《のぞ》いてみたり、ブキ先輩のトレーニングに付き合ったり、海老名《えびな》先生を脅かしたり、いろんなことをやってるッスね」

「そうか……ん？　いくつかおかしいのがなかったか？」

「気のせいッスよ」

結局角砂糖を10個ほど投入した珈琲を幸せそうに飲み始める。

「で、日も暮れて寮に帰った後はテレビゲームをしてるッス」

「テレビゲーム？」

やったことはないが、一種の娯楽であることは認識している。

「自分は蛇の傭兵があちこちに潜入するゲームが好きッス」

「つまりゲームの中でも仕事みたいなことをしているのか」

「ノン！　全く分かってないッス！　現実に似ているというだけで、現実とは全く違うファンタジー空間！　人類が進化の先に見出した電子の娯楽！　それがテレビゲームッス！」

「分かった分かった」

はっきり違いは分からなかったが、とりあえず共感しておこう。

「とりあえず共感しておこうって感じの返事ッスね」

「これが忍者の読心術というわけか」

「いや、めっちゃ顔に出てたッス」

他の2人と比べて、幽々子とは随分話しやすい。

工作員としての話術故か、元々こういう性格なのか。

「ところで、さっきどうやってこの部屋に……いや、どうやってオレの目の前に来た？」

「自分、透明人間になれるんス」

あっけらかんと、飄々《ひょうひょう》と、堂々とした嘘を吐《つ》いた。

「あ、全く信じてないッスね。自分の口から出る言葉は8割嘘とはいえ、ちょっとショックッスよ」

騙《だま》そうとしていない嘘に騙される奴はいないだろう。逆に幽々子が本気で嘘を吐いたらオレでも騙されるだろうがな。

「冗談はさておき、美少女がいきなり目の前に現れた！　の種明かしはですねぇ、簡単に言うと元々部屋の中にいた自分に先輩が気づいてなかったんです」

「なんだと？」

「自分で鍵《かぎ》を開けた自分の部屋。誰もいるはずがないという先入観。その盲点に潜み、気配を偽る。幽々子ちゃんの十八番《おはこ》ッスよ」

……いや、流石にありえないだろう。とても信じられんな。

とは言え少し考えてみる。幽々子が言うような先入観があったことは事実。鍵穴にピッキングの跡が無かったとはいえ、脱力しすぎていたこともまた事実。

だが、この話を信じるにはあまりに荒唐無稽《むけい》だろう。

「たとえば、野生動物だって、こっちが認識していなければ警戒しないッスよね。興味を向けずに相手の認識から外れる。素人にだってできなくもないッス」

思考を見透かしたように薄く笑う。肘《ひじ》を机に乗せ、袖《そで》に隠した指でぱくぱくと動物の口を模する幽々子は得意げに嘯《うそぶ》く。

「自分、これでも忍者なんで」

なるほど、これは厄介でいて頼もしい。

わざわざその技術を見せに来た理由は、恐らく確認を含めたかくれんぼの意趣返し。

オレ相手に幽々子が培った技術の全てが通用しないわけじゃないという確認。そして衣吹と同様、負けず嫌い。

「んぅ～、意外と反応薄いッスね。もうちょっと驚いてくれてもいいと思うんスけどぉ」

「背中に嫌な汗が流れる程度には驚いている」

「そッスか？　やった！　ふっふっふ、目立たないよう気配を偽り、近づいたところをバクっと食べる。さながらチョウチンアンコウのように！」

ドヤァと調子に乗り笑顔を浮かべているが、全然上手《うま》くない。何ならチョウチンアンコウは光で目立っているだろうに。

しかし、今回の件といい、かくれんぼでの刹那《せつな》の格闘といい、幽々子の能力はかなり隠密に偏っているように感じた。それは恐らく、仕事でも見つからずに情報を持ち帰るという隠密任務が多かったからだろう。

もしかしたら、幽々子は真っ向勝負になると分が悪いのかもしれない。

「幽々子、仕事で敵と撃ち合ったことはあるか」

「んぇ？　っと、ほぼないッスね。そうならないための技術を磨いてきたつもりッスから。あ、昨日の仕事はノーカンッスよ？　相手の技量的に問題ないと判断したので」

それは今まで完璧に任務をこなしてきたという実績の証左。誇っていいことだ。

だが、訓練された組織、精鋭に見つかってしまった時、どうしても戦わなければならない時は必ず来る。そんな時、どう対処するのか気になった。

「幽々子、お前の隠密が暴《あば》かれた時、どう対処する？」

質問を投げかけると、幽々子は真剣に考えている……風な唸《うな》り声を上げ始めた。

これはフィクサーとして、チームの人間の苦手なことを把握する行為だ。

マスターがオレの成長を促すためにこの学園に来たと言うならば、詩織の言うオレに必要なことが正しいのであれば、チームの人間を死なせるわけにはいかないからだ。

「そッスね。自分が倒せるならそれに越した事は無いんスけど、先輩が訊いてるのはそう言うことじゃないんスよね」

ぐぐぐっと背を反らし続け、顔が見えなくなったあたりで呟くように言った。

「全力で逃げるッス。自分の中では撤退もひとつの戦術ッスから。でも、撤退が許されない状況であるならば……」

　反らしていた状態を勢いよく戻し、反動で立ち上がった幽々子はスカートの端を持ち上げて、太ももに巻いてあるスローイングナイフを見せながら、はっきりと答えた。

「抗《あらが》いましょう。最後まで。自分の全ての武器を駆使して」

「死ぬことになってもか」

「はい。……ぶっちゃけ、死ねるなら死にたいんスよ自分。でもまだ死んでない。死んでないと言うことは、死ぬことを神様が許してくれてないんです」

「死ぬ機会などいくらでもあっただろう？」

　幽々子は再度ソファに座り、飲み切ったマグカップを手で遊ばせながら天井《てんじょう》を仰《あお》いだ。

「自分が欲しいのは、どうしようもない死。手練手管を尽くして、生にしがみついて、苦しみ抜いて死なないと、許されないんス」

「信仰は勝手だが、誰が許さないと言うんだ？　お前が言う神とやらか？」

　馬鹿馬鹿《ばかばか》しいとは言えなかった。

　生きる理由、死ぬ理由さえ他に依存する。その部分において、オレと幽々子は同じだからだ。精神に根付いてしまった依存は簡単には剝《は》がせない。オレがそうであるように。

「そッスね。神様にも、誰にも、自分自身にさえ、許されないッスね」

　天井から視線を戻した幽々子の笑みは、儚《はかな》げな花のような表情だった。

きっと幽々子はこれまで、死に場所を求めて仕事をしていたのだろう。

そして願いに反して、文字通り身を削って手に入れたのは、死とは真逆の生と数多《あまた》の感謝状や勲章。意にそぐわぬ経験値。既にエキスパートと言って差し支えない腕前に到達した。

死を望み、死に焦《こ》がれ、だがその腕前と思想が死を許してはくれない。

「難儀な生き方をしているな。オレもお前も」

オレはそう口にしていた。結局、生きると言うことは、何かに囚《とら》われると言うことなのだろう。オレの場合は幼少期の暗示に、幽々子はどうか知らないが、幼少期からの教育の影響なのだろうと予想する。

故に死なれては困る。幽々子の未来はオレの可能性でもあるのだから。本人が満足して死ねると思う時が来ても、オレが死なせない。

幽々子は絶対に必要な人間だ。

当然そんなことを今口に出したところで、じゃあやめます、とはならないだろう。

ならば、代わりの言葉をくれてやる。

「オレが許してやる」

「……?」

幽々子は真意を探ろうと、訝《いぶか》るような視線を向けてくる。

オレは、神とやらを信じてやれるほど甘い人生を送ってはいない。

そんな存在がいるならば、そもそもオレという人間は存在すらしていないだろうから。

マスターがオレにしたように、オレは幽々子に許しを与えよう。

「神とやらも、幽々子自身も死を許さないと言うのなら、オレだけが幽々子を許してやる」

幽々子に本当に必要なもの、それは分からないが、許してくれる人間がいると言うのは一種の希望なのだ。オレは使えるコマを手にいれ、幽々子は力を行使する理由をオレに依存する。

プロセスは分かっている。自分で経験したことだ。

「……そッスか、なら、死ぬ時は先輩の腕の中で眠りましょう。先輩が許してくれるなら、安心して地獄にいけますから、その時は懐《ふところ》の深さでも見せてくださいッス」

「よかろう。お前がオレの腕の中で眠る時、お前は死んだものとして処理する」

会話はもう続かない。それでも、オレは無言の空間にぎこちなさを感じない。

珈琲を飲み干し、マグカップを置く。もう一杯飲むかと逡巡《しゅんじゅん》し、答えの代わりにふと思ったことを訊くことにした。

「さっきの話、どこまでが本当でどこまでが嘘なんだ?」

「……ふっふっふ、さて、忍者の構成成分の8割は嘘ッスからね～。ニンニン」

「残り2割は?」

「願いッスよ。ニンニン」

どこまでが本当かなど、考えるだけ無駄なのだろう。

されど、全てが嘘だと言い切らないあたり、本当の願いがあったことは確かだ。

真意を探るような視線を向け続けていると、幽々子は指の結びを解いて、表情に真剣さを取り戻した。

「……でも、自分が死んだら、先輩の好きにしていいッスよ。先輩になら全部あげます」

「どうしてそこまで懐いているのか知らないが、了解した」

しっかりと目を合わせ、約束を取り付ける。

「幽々子が死んだら、全てをもらおう。その体も、魂さえも」

幽々子はただ、微笑《ほほえ》んでいた。

5

夜、スマホが震えた。

メッセージの送信者はスミ。

『工房に来てちょうだい。潤《じゅん》さんの装備についてちょっと相談があるの。それだけじゃないけど、詳しくは来てからのお楽しみね』

とのことだ。恐らくは壊れたグロックの後継銃のことだろう。

しかし、夜に呼ぶということは、書いてあるとおり用件は相談だけではないのだろう。

つまりはそういうことだ。

『すぐに行く』

とメッセージを返し、工房へと向かった。


昼には訓練の学生でそれなりに人はいるのだが、夜の工房には流石に誰もいない。

射撃場でオレを待っているスミだけだ。

「あ、潤さん」

頬を赤らめ、額にうっすらと汗を滲《にじ》ませたスミが嬉《うれ》しそうに寄ってくる。

モジモジと後ろ手を組み、緊張の面持ちで顔を俯《うつむ》けていたスミがパッと顔をあげた。

「こ、これ！　受け取って！」

差し出されたのは無骨で、装飾も何もなく、されど作り手の愛を感じる――ハンドガンだ。

「ど、どう？」

手に取った感触、スライドの滑り、何もかもがカスタムされた逸品。

「オーダー通りだ。いい腕だな」

「っしゃ！　いやぁ緊張した！　自分だけで1から組み立てたのは初めてだったからさ」

スミは手拭いで汗を拭い、快活とした笑みを浮かべた。

「名前は【ライブラ】私の最高傑作よ！」

最高傑作も何も、初めてだろうに。それにしても、ライブラとは？

「何？　変な顔して」

「いや、まさか衣吹の【オックス】もスミが名前をつけたのか？」

「まさか。あれは師匠の作品だから名前をつけたのも師匠だけど？」

ああ、腕だけじゃなく、ネーミングセンスまで引き継いだのか。まあいい。

恐らく技術者の無駄なこだわりというやつだ。否定した後が面倒だから黙っておくか。

「当然試射していくわよね？」

「頼む」

「……ただの的当てじゃ物足りないでしょ？　と言うわけで、クレー射撃用のクレーを用意しました。投射機も」

スミは円盤状の素焼きの皿を見せつけてくる。ちなみにクレー射撃は本来散弾でやるものであり、通常の拳銃弾でやるようなものではない。

「なんでそんなものがあるんだ……」

「まあまあ、いいじゃんいいじゃん」

スミがクレーを準備する間、オレは受け取った銃を検《あらた》める。

0から組み立てたのではなく【HK45】という銃にカスタムを施したもの。

素材はステンレス製だが、光を反射させないため黒色に加工してあり、銃の先にはトゲの付いたストライクフェイスを着用している。銃で殴ったりもできるようになる優れものだ。

使用弾薬は45ACP弾。もう一度言うがクレー射撃をする弾ではない。

「準備できたわよ」

射撃場の中には投射機が設置され、10m先を左右に横切るようにクレーが飛ぶようだ。

弾が込められたマガジンを装填《そうてん》し、スライドを引いてチャンバーに初弾を送った後、もう一度半分だけスライドを引いて、チャンバーに初弾があることを確認する。

「こっちもいつでもいい」

セーフティを解除し、右足を引いて両手でしっかりと銃を握る。ボクサーのファイティングポーズのような射撃姿勢である、ウィーバースタンスで構える。

「じゃ、なんでもいいから合図して」

グリップの握りを確かめ、合図を出す。

「ゴー」

時速80kmでクレーが射出される。

銃弾よりは遅いが、それなりの速度で横切る小さな物体に、さらに小さな通常の弾を当てるのは至難の業だ。

トリガーを絞り、発射。

「……チッ」

弾はクレーを掠《かす》め、横回転に縦回転を加えるに留まった。

「まだまだいけるよー」

こちらとしても、こんな中途半端《ちゅうとはんぱ》じゃ終われない。

次は絶対に当てる。

「ゴー」

合図とともに射出されたクレーに、照準はほどほどに経験と感覚で撃つ。

クレーが破砕しながら回転して地面に落ちた。

「2回目であんなにしっかり当たるものなの？」

「まだだ」

実際、戦闘中にしっかりと両手で射撃姿勢を取ることは少ない。特にオレの場合は、片手は空けておくか、ナイフを握っているからだ。

つまり、片手で当てられないと意味がない。必然的に精密な射撃は難しくなる片手で。

「クレーはまだまだあるからいいけどね」

そもそもなぜこんなにクレーがあるのかと問いたいが、後でいい。

今はただ、この射撃に夢中なのだから。

「ゴー」

飛び出したクレーを銃口で追いながら撃つ。

弾はクレーの中心を切断するように射抜き、地面に落とした。

「えぇ～、当たんのあれ」

スミが若干引いている。

「ま、ともあれ銃の確認はできたでしょ。あとは普通の的で細かい調整を……」

「まだだ。あと1回だけくれ」

そう言いながら、ライブラを腰のホルスターに収める。

「まさかとは思うけど、抜き撃ちする気？」

「ああ」

「ああって……いいわ、ウチも楽しみだし。やって見せて」

スミが再び投射機のスイッチを持ち、いつでもいいとアイコンタクトを送ってくる。

「ゴー」

人間がクレーと同じ速度で動くことはほとんどない、ということを考えれば意味がない訓練だが、始めてしまったことに匙《さじ》は投げられない。オレもまた、負けず嫌いということだ。

クレーが射出され、視界にとらえた瞬間にライブラを抜く。

今から銃口で追う余裕はない。

だから照準を飛翔《ひしょう》の延長線上に置き、重なったところで撃つ。

最高のタイミング、最高の位置、最高の角度で接触した弾は、散弾でも撃ったかのように破砕四散した。

「完璧な射線《パーフェクト・ライン・オブ・ファイア》、お見事」

パチパチと拍手を送ってくるスミを尻目《しりめ》に、マガジンと弾を抜き、ライブラを置く。

「どうだった？　ライブラの調子は」

「細かい調整は後で依頼するとして、そのまま仕事で使っても問題ない出来。いい仕事だ」

「でしょ⁉」

スミは嬉しそうにサムズアップする。

銃に、というより道具に特別な愛着というものを持てそうなのは初めてだ。

道具に命を預ける感覚というのは、不確定な要素が多く、不安でしかなかったが、これほど信用に足る精度であれば、悪くないのかもしれないと思う。

「使い手より先に死ぬ銃は銃にあらず」

「なんだいきなり」

「師匠の口癖。ライブラは、絶対に潤さんより先には死なないから。私の、技術者としての誇りにかけて」

オレの手をライブラもろとも握り込み、祈るように、真剣な表情でそう告げた。

「本当にそうなら、しばらく世話になりそうだ」

「ふふん」

返答に満足したスミは穏やかな笑みを浮かべた後、スッと離れた。

「さてと、ライブラの方はおしまい。これからはお楽しみの時間ね」

人差し指を口にあて「内緒ね」と言わんばかりに笑った。

6

スミが笑った後、工房に引っ込み長いガンケースを持ってきた。

「潤さんの【PGM．338】を師匠が調整したわ。使ってみて」

「オレのライフルに触ったのか」

「言いたいことは分かるわ。スナイパーは自分のライフルに触れられるのを嫌う。だからあくまで調整しかしてない。疲労した部品は取り替えてるけど使用感はほとんど違和感ないはず」

元の使用感をそのままに、充造《じゅうぞう》が違和感を抱かせないライフルに仕立てたというわけか。

奴の腕は最上級と言って差し支えないだろうが、狙撃手のライフルに許可もなく触れる神経は疑わざるを得ない。

どの道、自分で確認せざるを得ないだろう。

「とりあえず長距離ブースに入って確認してもらえる？」

「はぁ、分かった。このライフルの癖が分かってるのはオレだけだ。動作確認はしなければならんからな」

ガンケースを受け取り、長距離ブースに入る。

基本的な作りは中近距離用の射撃場と同じだが、距離が長く、１００メートル先に胸の辺りが赤く塗られた人型の的が吊《つ》るされている。

正規の軍事施設でもない限り外を使えない日本では、長い方と言えるだろう。

敷かれているマットの上にうつ伏せになり、プローンの姿勢をとる。

取り付けられた二脚《バイポッド》を立て、スコープのレンズを保護しているキャップを開ける。

グリップとトリガーの感覚を掴みながら覗き込み、姿勢を整える。

「まずはゼロインから……」

「あ」

スコープの調整から始めようとしたところで、青葉がライフルレンジに入ってきた。

「どうした？　何か用か？」

「……いえ、訓練です」

「こんな時間にか？」

「フィクサーこそ。……私は人がいない方が集中できるので」

手には先日使っていた【ＭＳＧ９０】が入っているであろうガンケースを持っている。

一応２人分のスペースはあるから問題はないだろうと、ゼロイン作業を開始する。

ゼローイング。通称ゼロイン。ライフルの照準を合わせるための調整作業だ。強い衝撃を与えたり、整備を放置していると、本当に照準がブレるため、狙撃前には重要な作業となる。作戦中そんなことをしている暇がない場合も多いが。

「それより、ちょうどいい。少し付き合ってくれ」

「なんですか？」

「コールド・バレル・ゼロだ」

簡単に言えばバレルの温度を上げすぎないよう、ゼロイン射撃に設けるインターバルのことだ。狙撃する際はバレルが熱されていることの方が少ないからな。

「……まあ別に、私もここに用があるわけですし、バレルが冷えるまでの雑談くらいなら」

「充分だ」

話し相手もできたところでマガジンを装塡し、ボルトを引いてチャンバーに弾を送る。

「撃つぞ」

青葉に確認してから、トリガーを絞る。

着弾地点は赤いバイタルエリアのやや左下だった。ストックに取り付けたメモ用紙に、着弾のブレを記載しながらスコープの上と横のノブを回してミルドットを調整。

再びボルトを引き、煙とともに排莢《はいきょう》する。次の射撃までのインターバルは約2分。

「綺麗《きれい》ですね」

「急にどうした」

その言葉からは、感嘆が含まれている気がした。

どうやら話しかける話題に困っての言葉では無いようだ。

「姿勢と所作が一流のそれだと思いましたので、素直に褒めました」

まるで意趣返しとばかりに、したり顔を浮かべている。

「ああ、ありがとう」

「……は？」

青葉は一転、訝る視線を向けてきた。

「素直に礼を言ったまでだ」

「はぁ、調子が狂う……」

礼を言われると調子が狂うとはどういうことだ。

そんな思考に馳《は》せている間に、青葉もプローンの体勢でＭＳＧ９０を構える。

「すー、ふぅ……撃ちます」

短く呼吸を整え、息を止めるのとほぼ同時、トリガーを絞る。

弾丸は中心を抜き、やはり射手としての腕は一流であるとオレに実感させた。

競技射撃であるなら、オレと同等かそれ以上の腕を持っていると思われる。

だが、実際の狙撃戦を青葉は経験したことがないと推測した。

「昨日も思っていたんだが、その銃は青葉の体格に合ってないんじゃないか？」

目はスコープから離さず、照準器の調整は怠らない。

青葉と会話するのも目的ではあるが、これはこれでマルチタスクの訓練になるのだ。

「問題ありません。当てればいいんです」

「しかし、ライフルを携行しての長距離移動には向かないだろう」

「私たちの仕事は即応対処が旨ですから、長距離移動するような仕事はそもそも無いです」

やけに突っぱねてくるな。朝に遊びすぎたのが原因か？　まあいい。コールド・バレル・ゼロは青葉との会話のおかげで退屈することなく済んだ。

密《ひそ》かに、今か今かと待ち侘《わ》びていた指を、トリガーに当てる。このライフルの調整……。

「ふっ」

吹き出すように小さく笑い、放った弾丸はバイタルエリアの中心を射抜いた。

「機嫌が良さそうですね」

「そうか？　……いや、そうだろうな」

機嫌がいい。それは先程ＰＧＭ．３３８を撃った瞬間にも思ったことだ。

ライフルも、オレ自身もすこぶる機嫌が良い。理由は充造が行ったという調整だ。

癖自体は変わらず、精度も操作性も向上している。パーツの掃除だけでは到底辿《たど》り付かない境地のはずなのに、それを実現している。

「少し気味が悪いですよ?」

「……仕方ないだろう。ライフルを撃って楽しいという感情が湧《わ》いたのは幼少期以来なんだ」

「意外と子供っぽいですね」

ゼロインも済んだPGM．338をガンケースに片付ける。

「もう良いんですか?」

「いくら射撃場でやったところで、必要なのは現場で当てることだ。問題ない」

「そうですか。では、お疲れ様でした」

青葉は小さくお辞儀をして、目の前の的に集中し直した。

オレはライフルの片付けを終えると、立ち上がって青葉の背後で腕を組んだ。

「……あの、狙撃中に後ろに回らないで欲しいのですが」

「気にするな。それよりプローンが崩れてるぞ」

「無茶言わないでください。本っ当にデリカシーの欠片もありませんね」

「ん?　……ああ、そういうことか」

すっかり年頃の少女という点を失念していた。

狙撃の体勢、プローンはうつ伏せの状態で脚を広げ、足の内側を地面にくっつけて体を固定する射撃姿勢なわけだが、それをなぜか短いスカートで行う青葉の後ろに立ってしまうと、見えてしまうわけだ。下着が。

「……見ましたか？」

「見られて困るような下着ではなかったと記憶しているが？」

「記憶しないでください！　撃ちますよ⁉」

完全に無意識だったのだが、まさか殺人予告が飛んでくるとは。

自分の目の良さと記憶力がここにきて仇《あだ》になるとは。

別に凝視したつもりもなければ、そんな性癖があるわけでもないのだが、オレが見ないと言ったところで青葉は聞かないだろう。何より、訓練に集中できないというのは問題か。

「少し待ってろ」

そう言ってブースを出る間際《まぎわ》、背後から、

「デリカシー」

という言葉が聞こえたが、無視だ。

程なく戻ったオレは工房にあったブランケットを持ってきて青葉に手渡す。

「使え」

「わざわざ持ってこなくても、後ろにいなければ良いのでは？」

「ここじゃなければ、隣で一緒に寝ることになるがいいか？」

「ああもう！　そこで良いです！　もう邪魔しないでください！　あと言い方が卑猥《ひわい》です！」

青葉は意外と感情的だな。イライラが一定値に達すると爆発《ばくはつ》するようだ。

ブランケットを掛けて位置を調整し、再びプローンになると、すぐに引き金を絞った。

着弾は寸分違《たが》わずバイタルの中心。少々の心の乱れ程度なら問題はないらしい。

「青葉、スナイパーと戦った経験はあるか？」

「？　いえ……模擬戦程度でしたら」

「実戦は未経験か」

「言い方が……いえ、なんでもありません」

ピクッと肩を動かした後、口をモニョらせて何か言ったが、まあ良い。

「自分より経験値が高いベテランのスナイパーと戦う時、どうする？」

スナイパー同士での戦いでは、経験がモノをいう場合が多い。狙撃の腕はあって当然として、知識、忍耐、気候を読む感覚、そして運すらも必要になってくる。

運以外のことは経験し、訓練を重ね成熟させるしかない。だからスナイパーとして生きている年数自体が、スナイパーの強さを表すと言っても過言ではない。

だが、経験だけではどうしようもないことも起こる。だから運が必要なのだ。

「……それは、そういう仕事があるということですか？」

躊躇《ためら》いを含んだ声色で呟いた青葉の体に、力みが入るのをオレは見逃さなかった。

明確に頭に思い浮かべた誰かと戦うことを想像したんだと思う。

「例え話だ。そういう状況に陥《おちい》った時、お前は何を考え、どう切り抜ける？」

「状況が不明瞭《ふめいりょう》です。状況を詳しく説明……」

パンッ、と手を叩《たた》く。

「お前はたった今死んだ。状況を整理する必要などないし、そんな時間の余裕もない」

青葉の言葉を遮《さえぎ》って死を告げる。

そもそもこの問いに答えなどなく、咄嗟の判断と直感を見るためだけのもので、熟練のスナイパーほどこの特殊な感覚器官が優れている。

なんとなく、ついでに、多分、名前も無いこれらの感覚は経験の中で研ぎ澄まされていき、やがて直感という形に化ける。無論、直感が当たっていようが外れていようが、死ぬ時は死ぬ。

そこで運が必要なのだ。

「……この問いに、正解などないのでは？」

青葉が、恐らく自分なりの回答を持って、言葉を並べ始める。

「ああ、無い。だが、青葉が考える回答にこそ意味がある」

「では、私は何もせずに隠れます」

ほう。スナイパーとしての行動として間違ってはいないな。

「理由を聞いておこう」

「カウンタースナイプ狙いのスナイパーに見つかった時点で、仕事は無理です。狙われ、追われるのでしたら、追われ続けることに意味がある。私たちはチームですから、その間に仲間がなんとかするでしょう」

ベストではない。だがベターではある。

標的を釘付けにしているスナイパーは、裏を返せば標的に釘付けにされていると言うこと。集中状態のスナイパーを補足、狙撃するなど容易《たやす》いことだ。A班なら尚更。

「良いだろう。オレたちはチームだ、チームのためにスナイパーを惹《ひ》きつけられるなら、充分に貢献しているとオレも思う」

青葉はスコープを覗き込み、呼吸を整え始める。

会話が切れるタイミングを見計ったわけでは無いだろうが、スマホが震え、メッセージを受信した。外に出ようとすると、

「待ってください」

今度は青葉から声をかけられ、呼び止められる。

「やはり私は、状況の整理も大事だと思います。何も理解せず、味方の状況も分からないなら尚更必要なのは冷静な思考と、情報処理です。違いますか？」

「そうだな、違わない。寸分違わず青葉の言う通りだ」

「であれば先ほどの問いは――」

「熟練のスナイパーと撃ち合ったことはないだろ？」

経験したことがないからこそ、時間を使って情報処理や思考をしようとする。

超長距離でも一瞬姿を見せれば、次の瞬間には死が待っているあの濃密で息苦しい時間の中で、無数の選択をし続けながら思考を凝らすと言うのはハッキリ言って無理だ。

「ありません。ですが、思考すらできないほどに切迫した場面が想定できません」

仕事では一方的に狙撃している弊害だろう。日本ではちゃんとした施設の訓練でもない限り、スナイパーの危機察知能力は育たんと言うわけだ。

「直感は育てられる。運はどうしようもないがな」

「運ですか？」

青葉は怪訝《けげん》な表情を浮かべる。

「ああ、運はスナイパーとして生きていく上で重要な要素だ」

「……そんな数字で測れない要素を説かれても、説得力がありませんが」

「今はまだそれでいい。その内理解させてやる。いつか山岳や森での訓練を組み込んでやるから、その時にでもな」

「……そうですか、今の私では経験不足、と言うわけですね」

「ああ。だが安心しろ。仮に熟練のスナイパーが相手になっても、今はまだオレが守ってやってもいい」

「結構です」

青葉はへそを曲げて訓練を再開した。

「じゃあ、オレは行くところがある。しっかり励め」

「言われなくても」

この仕事を続けられる時点で、相応の精神と高い技術を有していることは分かっている。さまざまな状況への対処は、おいおい身につけていけば良い。

その術《すべ》は幸いオレが叩き込んでやれる。ならばこれ以上邪魔することもないだろうと思った帰り際、ふと思い出したことを呟いた。

「今日は水色だったか」

口にすると同時に銃声が響くが、弾丸は的にさえ当たらなかった。

1秒、2秒と静止した青葉はゆっくりと振り返り、頬を火のように赤くしながら、絶対零度の如き冷え切った視線を向けてきた。器用だな。

「デリカシーの欠如が過ぎるようでしたら、矯正された方がよろしいのでは?」

「すまん。平常時ならほとんど外すことがないであろうお前が、どういう原因で外すのか知っておきたくてな」

「だとしても、わざわざ記憶していた下着の色を口にする必要ないでしょう? もしや部下の下着で興奮する変態ではないですよね? フィクサー」

「次からは気をつけよう」

「…………」

反省を示したと言うのに、青葉の目から蔑《さげす》みは消えない。むしろ蔑みに満ちている。

ふむ、少しだけ築けていたであろう信頼がこんな簡単に崩れ去るわけか。難しいな。

とても大きい代償ではあるが、青葉という少女の輪郭が定まってきた気がする。

優秀で勝ち気、冷静だが繊細で短気。表情は可能な限り表には出さず、必要以上に他人と仲良くしない。

ともすれば、動揺が顔に現れるほどの戦闘や任務を乗り越えた時、青葉はオレが見た熟練のスナイパーたちに比肩する存在になるのではという予感がする。

今は大人しく、そんな作戦が来ることを願うことにしよう。

7

翌日、午前8時。土曜日。

日課のランニングを終えたオレは、シャワーを浴びて制服を纏い、体育館に足を運んだ。

普段は学生たちが部活動なるモノに精を出していると聞いて、せっかくならと見に来たのだが、今日は休みのようだった。

代わりに打撃音とギシギシと何かが軋《きし》む音が聞こえていた。

「いやぁ～、意味深な音ッスねぇ。何の音ッスかねぇ～」

「なんでさっきから付いてくるんだ？」

幽々子がニヨニヨと笑みを浮かべながら軽快なステップを踏んでいる。

「暇なんで、自分」

ドヤッとサムズアップする。手刀の一つでもお見舞いしてやろうと思ったが、地味に間合いの一歩外をキープしているのが腹立たしい。

「今日は休日だろう。島を出る許可は取れるんじゃないのか？」

「それがなぜか許可降りなかったんスよ、自分には。しょーがないから先輩に構ってもらおうかと思って付いてきました。ちゃら～ん」

手を広げて戯《おど》ける幽々子をとりあえず無視し、体育館の扉を開けた。

中には、バスケットゴールにサンドバッグを吊るし、一心不乱に殴る蹴《け》るを繰り返す制服姿の衣吹がいた。全身からは汗が滴り、足元に小さな水溜《たま》りを作っている。

「何時間くらいやってるんだ？」

「2時間休憩無し、だそうです」

衣吹本人の代わりに答えたのは、少々不機嫌気味に本を読む青葉だった。

「うおっ、アオちゃん先輩いたんスか」

「ええ。不本意ながら保健医に捕まってしまい、倒れるまでやるから面倒を見てやれと」

パイプ椅子《いす》に座っている青葉はこちらを一瞥《いちべつ》すると、本をパタンと閉じた。

「別に私には関係のないことですが、仲がいいんですね」

「そう見えるッスかぁ〜。いや〜まいったッスねぇ、せ・ん・ぱ・い」

頬に手を置いてクネクネと身を捩《よじ》り出した幽々子から視線を切り、衣吹へと向ける。

人が入ってきたことなど意に介さず、軽快に拳を叩き込んでいく姿は、訓練がしたいというよりかはそれ以外に何をすればいいのかが分からない子供の時間潰《つぶ》しにも見えた。

「あいつはいつも必死そうに訓練をしているな」

そういえば射撃場で撃っている間も周囲の変化には気づいていない様子だった。

「衣吹先輩は集中してるんスよ。やる気があっていいじゃないッスか」

「と言っても、過集中は治してほしいところではありますが」

過集中は一種の才能ではあるが、時間、食事、疲労なんかを忘れてしまうせいで、病気の一種にもされている。そして衣吹の過集中は後者だろう。

それ故に、仕事では命取りになる可能性が高い。

周囲の気配に敏感な方が生き残りやすいことは、論じるまでもなく明らかだからな。

「衣吹そこらへんに――」

「オラァッ！」

刹那、鋭いハイキックが側頭に放たれた。

すんでのところで後ろに仰《の》け反《ぞ》って鋭い一撃を躱《かわ》し、トトッと間合いの外に逃れる。

「いきなり随分な挨拶だな」

「……ぁ？　んだよ、またあんたか。訓練の邪魔すんのが好きみてぇだな」

ハイキックは無意識というか、反射行動だったのだろう。その裏付けとして、明らかに対峙《たいじ》してからオレの存在に気づいたようだった。

「んで？　またあーしに用かよ。……お？　ゆんじゃねぇか！　組み手やるか⁉」

背後にいた幽々子に気づいた瞬間、衣吹は嬉しそうな顔をしていた。

年相応の少女の顔ではなく、力の探究者として死合《しあ》う相手を見つけた顔ではあったが。

「いやッスよ！　ブキ先輩手加減ないんスから！」

「まあそう言うな！　緊張感があった方が面白《おもしろ》いじゃん！」

「そんなに緊張感がある戦いがしたいなら、先輩とヤればいいじゃないッスかぁ！」

かぁ、かぁ、かぁ……と体育館に響き渡るやまびこに、一同は静まり返った。

「……ほぉ？　それは盲点だったなァ」

ギラギラと闘志と犬歯を剝《む》き出しにする衣吹は、制服の第二ボタンを開け戦闘態勢を取った。

「あんた体術もイケる口だろ？　模擬戦のリベンジだ！」

興奮しているのかは知らないが、すでに会話もままならなそうな表情だ。

信頼関係を築くと言う意味でも交流は不可欠なのだが、このまま戦うだけでは不充分な気がしてならない。しかし、戦わないという選択肢はない。

「別に組み手くらい問題ないが、それならただオレが勝って終わりだ。ハンデでも……」

ボッと音が聞こえるほどに鋭いパンチが飛んでくる。

正面から受け止めると、明らかにキレた表情の衣吹が目を見開き、血走らせていた。

「ハンデだと？　舐《な》めんな！　あーしは銃が無いテメェには負けねぇよ！　逆にあーしに勝てたらなんでも言うこと聞いてやるッ！」

「ほう、それは魅力的な提案だ」

そう言うことなら利用させてもらうとしよう。

「さいってー……」

何を想像したのかは知らないが、青葉の冷ややかな声と視線は無視し、ネクタイを緩めてボタンを開ける。

「でぁでは審判は幽々子ちゃんが務めさせていただくッスよ！」

幽々子は壁を足場に二階へ駆け上がり、ボールペンを片手に審判に名乗りを挙げた。心なしか楽しそうだ。多分自分が戦わなくて良くなったからだろうな。幽々子の性格が分かってきた。

「精々あーしを昂《たかぶ》らせてくれよ！」

衣吹は半身に構え、腰を落とす。

肉体言語で会話をするという意味不明な輩《やから》はいつ、どこにでもいるようで、そう言うタイプは総じて御し易い。

しかも勝てば信頼を得られると言うおまけ付きだ。つくづく都合がいい。

「準備はいいッスか？　レディ……ファイッ」

衣吹が動いた。

タンッと距離を詰め、踏み込みと同時に崩拳《ほうけん》を繰り出す。

軽くバックステップを踏んで、躱し際に腕を摑んで引いた。

踏み込みが深かったおかげで倒れはしなかったが、前に傾倒した衣吹はバランスを戻すように体を引き戻す。

そのタイミングを狙って今度は前に踏み込み、額に掌底《しょうてい》を当てた。

「ってぇッ！」

「威力重視の一発勝負が当たるわけなかろう。あと追撃が甘い」

体を引き戻す力を掌底で押し出す力が合わさり、衣吹は尻餅《しりもち》をついて額を押さえている。

しかし、中国武術を使うとは思っても見なかった。

立ち居振る舞いから、ただの喧嘩殺法《けんかさっぽう》でないことは分かっていたが、正直虚を突かれたと言わざるを得ない。

「南米出身かと思っていたが、両親がそうであると言うだけか?」

「は? なんだ? 急に」

「あの崩拳だ。中国武術を踏襲している人間の動きだった」

「……あんたには関係ねぇよ」

言葉遣いがほんの少しまろやかになった気がする。……ほんの少しだが。

「ともあれオレの勝ち……」

「まだあーしは負けを認めてねぇ!」

飛んできた上段蹴りを防御する。

じん、と広がる痺《しび》れを無視し、同じフォームから繰り出される中段蹴りを捕らえた。

掴みながら股《また》の間を潜るように身を屈《かが》んでくるりと回す。

軸足一本では急激なバランスの変化に対応できず、再び尻《しり》を地につけてやる。

「クッソがッ!」

「この際だ。負けを認めるまで好きなだけ転ばしてやるぞ?」

「上等だコラァッ!」

激昂《げっこう》は動きを短調にする。

右フックから、左背足《わきばら》による中段。

放たれた蹴りを脇腹に挟みながら、距離を詰めて軸足を刈る。

「まだ立つか？」

「んのやろッ！」

何度も。

「だらァッ！」

何度も。

「ンッ！」

何度も土をつけてやる。

「自分の攻撃全てが決まるなどと思うな。フェイントを混ぜようが、本命の攻撃を受けられたらおしまいで終わるな。追撃を用意しろ。動きを作れ。考えろ。相手の虚を突け」

今まで本気で格闘する必要のある相手に出会ったことがないのだろう。

サンドバッグを相手にしていたせいか、威力重視で大雑把な攻撃が多く実戦経験の浅さが浮き彫りになっていた。

「ハァ、ハァ、ハァ……チッ」

「決して力任せに動くな。冷静に思考し、使えるものは全て使え」

「なあ、今のあーしはあんたには勝てないと思うか？」

「衣吹次第だ。オレを倒せる可能性はいくらでもあるだろう」

「そうか」

額に滲んだ玉の汗を乱雑に拭い、構えた。

「ふぅー……」

短く息を吐き止めた直後、空気がヒリついた。

上半身がブレることのない、予備動作が見えない右背足の上段。

鼻先を少し触れながらも躱した。

が、衣吹は遠心力をそのままに後ろ回し蹴りに移行。

腰を落としながら下段蹴りで軸足を狙うが、空中回転回し蹴りが飛んでくる。

「ッ！」

この日初めて、衣吹相手に本気でガードを構えた。

明らかにギアが一段上がり、身体能力が向上している。

一般人の腕なら軽くへし折れる衝撃をいなし、掌底を腹部に打つ。

体勢が悪いながらもガードは間に合い、掌底の衝撃を利用して大きく下がる。

「ふう、あぶね」

着地し、手をぷらぷらと振って笑う。

今の衣吹相手なら、少々無茶しても大丈夫そうだ。

「行くぞ」

この日初めて、明確に攻撃意思を持って接近した。

愚直なまでに真《ま》っ直《す》ぐ最短を打ち抜く。

「ッ！」

咄嗟にガードして見せた衣吹は歯を食いしばり、脇腹に右足を絡《から》めてくる。

重心を崩され、肩に左足も絡めてくる。

飛び付き腕十字固め。まともに食らえば最悪腕を持っていかれるか。

左手で胸ぐらを掴み、本気で持ち上げる。

「ハァ⁉　バケモンかよッ！」

衣吹がそんなセリフを吐き捨てる。

オレは持ち上げた衣吹を荷物のように乱雑に振り下ろす。

絡めた脚を解いて脱出した衣吹は口許を拭った。

「ヤベェな」

パシッと拳と掌を叩き合わせ、髪をグイッと掻き上げる。

「面白くなってきた」

待ち構える衣吹に構えもせずゆっくり近づく。

間合いに入った刹那、軽快なパンチが飛ぶ。

躱し、払い、時には受け止め、全て正面から対応し切って壁際まで追い詰める。

「まだやるか？」

顔の横に手を叩き込み、体育館の壁をドンと鳴らす。

「ケッ、詰みってか」

言葉とは裏腹に、その瞳《ひとみ》からは闘志が消えない。

「あんた、強ぇな」

「鍛えてるからな」

「だろうな。なぁ……」

突然オレの首に腕を回し、抱擁するように抱きついてくる。

「寝ようぜ」

首に衣吹の全体重が襲う。

流石に首だけでは先程のように持ち上がるはずもなく、体ごと前方に倒れる。

「うまいな」

素直にそう評した。

抱きつくまでの動作の自然さ。躊躇《ちゅうちょ》なく、鮮やかに全体重をかけてくる大胆さ。

そしてオレの目の前は壁、地形の使い方も全てが満点の攻撃だ。

「さあ、イかせてやるぜ?」

犬歯をギラつかせて浮かべる笑みは挑発しているようだ。

オレも、本気で対応しなければならないと即座に判断し、膝《ひざ》を抜く。

日本の古武術の基本的な動きである、脱力、抜き。

瞬間的な脱力で、まるで落下するように下半身の関節が抜け、力の向きを直下へと変える。

その豊満な胸に顔を埋めるように落下し、やがて衣吹の背が床と激突した。

「いってぇ！」

首に手を回していたせいで、まともに受け身も取れなかった衣吹の顔を覗く。当然オレは手を伸ばして受け身を取ったおかげでダメージはない。

「今のはなかなか良かったぞ」

素直に感心を口にした。

「ンッンン！　その体勢でその言葉はいろいろと語弊を招くことに気づいていますか？」

今まで読書をしていた青葉が近づいてきて、妙なところを指摘してくる。

「なんのことだ」

聞いてはみたが、なるほどこの体勢では語弊を生むだろうと気づいた。

咄嗟に受け身を取っただけだが、これは壁ドンならぬ床ドンの体勢である。

鼻と鼻が触れ合いそうな互いの距離。衣吹は汗を流していて、オレが覆《おお》い被《かぶ》さっているこの状況。衣吹がダメージに悶絶《もんぜつ》していなければ、語弊は語弊ではなくなりそうだ。

「そッスね。アオちゃん先輩が言いたいのは、まるで行為後みたいってことッスね！」

二階から降りてきた幽々子の第一声がこれだった。

「わ、私が言ったみたいに言わないでください！」

いらない情報整理をわざわざ口にして言われたことで、顔を真っ赤《か》にして詰め寄っていく。

とりあえずこの体位……体勢を続ける意味がないので立ち上がり、衣吹を引き起こした。

「空中でのバランス、足技から足技への繋《つな》ぎは才能がある。最後の組み付きも見事と言わざるを得ない」

「……あんたには通じなかったわけだが」

不貞腐《ふてくさ》れたように衣吹が呟く。

「オレだからということで諦《あきら》めろ」

「自信家ッスねぇ」

「傲慢《ごうまん》なだけでは？」

「まあ、それだけの実力はあるしな」

三者三様の反応だが、幾度かの組み手で、衣吹の信頼をそれなりに得られたようだ。やはり脳筋は御し易い。

「さてさてさぁて、これからお楽しみの時間ッスね、先輩？」

「ん？　何かあったか？」

「またまた惚《とぼ》けちゃってぇ……」

ニヤニヤとした表情でツンツンと脇腹を突いてくる。少々イラっとした。

「ブキ先輩も言いましたよねぇ？　あーしに勝てたら……なんでしたっけぇ？」

「生き生きすんな分ぁーってるよ。ちゃんと負けは認めてる」

「ああ、そうだったな。じゃあ遠慮なく」

衣吹に手を伸ばす。彼女は何をされてもいいとばかりに小さく笑みを浮かべ、目を閉じた。

「……へ、変態、破廉恥」

青葉が文庫本で口許を隠して何か言ってるが無視だ。

オレは衣吹の肩に手を乗せ、

「これからオレの事を名前で呼べ」

とだけ言った。

「ん、分かった」

と衣吹も即素直に了承した。

「……つまんねーッス」

「何を期待していたんですか」

「そりゃ変態で破廉恥なことッス」

青葉は無言で幽々子の頬を引っ張り出した。

ともあれその二人を無視し、衣吹と目を合わせる。

拳で語るという感覚では断じてないが、衣吹の輪郭が見えてきた。

衣吹は恐らく、戦闘という行為そのものに意義を見出してしまっている気がする。

意義を見出すための戦闘ではなく、戦闘そのものが意義になってしまうのは実に危うく、後の精神障害に繋がる恐れがある。

まあそれは追々カバーしてやればいいだろう。

「ところでよぉ」

衣吹が徐《おもむろ》に口を開いた。

「あんた、名前なんだっけ」

「「「…………」」」

その瞬間、衣吹を除いた全員が、残念な子を見る目になったのは言うまでもない。

Les pas de la ruine. ――破滅の足音――

翌週の土曜日。日課のトレーニングを終えて部屋に戻り、ふと考える。

この1週間で、いや、この学園に左遷されてからの時間も含め、A班の学生とは良好な関係を築くことはできたと思う。だが、それ以上の進展はない。

強いていうなら衣吹《いぶき》に名前で呼ばせることはできたが、これはあくまで衣吹に勝利した報酬で、信頼などではない。

珈琲《コーヒー》を淹《い》れてデスクに向かい、その上に置かれた書類の山に顔を顰《しか》める。フィクサーとしての報告書やその他諸々の面倒な書類仕事が溜《た》まっているのだ。

グッと背筋を伸ばし、作業に取り掛かろうとすると、ドンドンとノックされる。

「邪魔するぜ、潤《じゅん》サン」

返事を待たずに部屋に入ってきたのは衣吹だ。

ヘソが出るほど丈の短いシャツに脚をほぼ全《すべ》て晒《さら》すホットパンツ。肌を惜しげもなく晒した怖いほどイメージに合う私服姿だな。ついでにマナーの悪さも衣吹らしい。

「ここはトイレじゃないぞ?」

「は？　何言ってんだ？」

「……まだ入室を許可してないんだが？」

衣吹にノックと入室のマナーを説いても無駄だと知りながら、一応注意しておく。

「んな事より、外出の許可が降りねぇんだがなんか知らねぇか？」

無視か。まあ予想通りだ。

「そういえば少し前に幽々子《ゆゆこ》も言っていたな。……一応聞いておくが、謹慎処分を受けているとかではないな？」

「別に揉《も》め事《ごと》とかは起こして無い……と思う」

そう言ってデスクに申請書を落とした。

拾って内容を確認するが、特におかしなところはない。

「珈琲貰《もら》うぞ？」

「ああ」

衣吹にしては意外だが、島外での予定なんかはしっかり書かれている。理路整然と。

……いやバカな、あの衣吹だぞ。ＡＩだ、十中八九ＡＩに書かせたな。ＡＩを使える頭があるのも驚きだが、まあそこは問題ではないか。

最大の問題は、却下と記されたハンコが学園長証と一緒に押印されていることだ。

「諦《あきら》めろ。マスターが確認済みと言うことは、マスターの考えがあってのことだ」

「潤サンが口添えしてくれよ」

「マスターに異を挟めと？　ハッ、そう言うことなら他を当たれ」

それだけは絶対にやらないと断言し、書類を突き返す。

「チッ、親離れしやがれ」

「……多少心境の変化はあるが、飼い犬に飼い主離れはない。貴様らとて、国家に尻尾《しっぽ》を振り、仕事をこなすことで殺処分を免れる野良犬だろう。大して変わらん」

「あーしはケツ振った覚えはねぇな」

衣吹は結局書類をくしゃくしゃに握りつぶし、デスクに座る。尻《しり》を乗せるな尻を。

パチパチとキーボードを叩《たた》く音が鳴る。話すことがなければ帰ればいいだろうに、衣吹はここから動く気配がない。

「……なぁ」

「何だ」

「自分より強い相手と戦ったことってあるか？」

「いきなりだな」

無いことは無い。オレだって訓練を始めたての頃はボコボコにされたし、今でも勝てるビジョンが全く見えない人間が知り合いに2人もいる。

だが、そういう話をしたところで今のオレしか知り得ない衣吹が簡単に信じるとは思えない。

「誰《だれ》にだってそういう時期はあるだろう。オレだって最初から強かったわけじゃない」

「そうは見えねーな」

「戦闘に関しては師に恵まれ、環境に恵まれ、相手に恵まれた。今まで生きてきた人生の中で、訓練を含む戦闘という行為の密度が衣吹より長かった。お前との差なんてそれだけだ」

真面目《まじめ》に答えたというのに、衣吹の表情は納得していない様子だ。

「自分より強い相手に、オレに勝つにはどうすればいいか。素直に訊《き》けばいい。一度もオレに勝てなかったから勝ち方を教えてくださいとな」

あれからも何度も、というか今日の朝も組み手をせがまれたが、その尽《ことごと》くを返り討ちにしたのだ。A班の中で誰よりも、オレとの差を実感していると言っていい。

「……鬱陶《うっとう》し。別にあーしはそんなこと訊いちゃいねー」

「腹の探り合いは衣吹には無理だ」

「ケッ。で、実際どーなんだよ」

「冷静になれ。以上だ」

あっさりとした回答に、訝《いぶか》しげな表情を浮かべる。

「それだけか?」

「ああ。これ以上何かを言ったところで、急激に強くなる奴《やつ》はいない。実戦経験を経て一歩ずつ進むしかないんだ」

「んだよ。聞いて損した」

事細かに言っても忘れるじゃないか。

結局聞いて損するならこっちの方がオレの労力が少ないからな。それに適当に言っているわけではなく、本気でアドバイスをしているつもりだ。

「他の2人……いや、3人とは仲良くしているのか？」

「は？　……あ～、前にも言ったが、あーしは仲良しこよしするためにここにきたんじゃねぇから、あんまり連中と仲良くするつもりは無い」

「その理由を深く追及する気はないし、強く否定するつもりもない。ただ、現場で連携をとる場合は悪手だ。相手のことを知らなければ連携は取れない」

衣吹は訝しむ。オレの口からそんな言葉が出たのが、信じられないと言わんばかりに。

「潤サンもどっちかっつうと、あーしと同じと思ってたんだが、根拠はあんのか？」

「経験談だ」

訓練だけでなく、日常生活を共にすると、相手のしたいことが理解できるようになる。微妙な癖《くせ》や好み、リロードなんかのタイミングも、わざわざ声に出さずとも手に取るように分かるようになる。

「……意味があるなら努力はするけど、あーしにそんな余裕ないんだわ」

衣吹は残った珈琲を一気に呷《あお》り、立ち上がって顔だけをこちらに向けた。

「ごっそさん」

「外出の件はいいのか」

「どーせ結果は変わんねーじゃん」

「それもそうだ」

互いに口から出た言葉を鼻で笑い、衣吹は部屋から出ていった。

くしゃくしゃに丸められた申請書を広げる。マスターの考えには遠く及ばないと知りつつも、その一端だけでも測ろうと思考を巡らせた。

1

次の日は、非常に目覚めの悪い朝で、赤い朝日が顔を出していた。

前日に夜更かしをしたわけでも、体調を崩したわけでもない。至っていつも通りだが、液体のように体に絡《から》みつく不穏な空気。

経験からして、こういう日は死に目に遭うという嫌なジンクスがある。

とにかく、何かが起こると予期して準備をするしかない、ということだ。

「まずはランニングからだ」

そう意気込んで日課を始めたのはいいものの……。

──途中で靴紐《ひも》が切れた。

「……まあ、こういうこともあるか」

靴紐が切れただけであれば応急処置次第で、学園まで走って帰るくらいはできるだろう。

近くのちょうどいい段差に腰を下ろし、応急処置を行おうとすると……。

──にゃー、と黒猫が目の前を横切る。

これも偶然だろうと、応急処置を手早く済ませて再び走った。

学園へと帰った後は汗を流し、着替えてから部屋で朝食を摂る。

食後に珈琲を淹れ……。

──カップの取っ手が取れた。

もはや一周回って、かなり幸運なのではないだろうかとさえ思うほどの不運の前兆の連続。

「……普段なら気にも留めないが……流石《さすが》に多いな」

鼻で笑おうにも、オレの直感からはただ漠然とした嫌な予感だけが消えない。

一つ選択を間違えれば、大きな後悔を残すということだけは分かる。

今、何を考え、何を備えるべきか。

自分で考えなければならない。

もうマスターは、オレがやるべきことを事細かに指示を出さないのだから。

故に、情報がない現時点では、いつも通りを過ごした方がいいのだろう。

「射撃場に行くか」

やたらと音が響く地下施設に銃声が鳴る。

とめどなく一定の間隔で音を刻み、しばらく無音になった後、射撃が再開される。

マガジン内の10発を全て撃ち切り、スライドが開いた【ライブラ】のマガジンを交換してスライドリリースレバーを解除すると、カションという音と共に弾が装塡《そうてん》される。

そして再び撃ち尽くす。

「発注通りだ。いい腕だな」

「当たり前よ、こちとら腕で食ってるんだから。と言いたいところだけど大変だったわよ」

ライブラを受け取ったスミがマガジンを外し、歪《ゆが》みや傷をチェックしてからガンケースに丁寧に収めた。

ライブラを受け取って数日間で何度も試し撃ちをしていたが、気のせいだと言われるレベルの注文を散々つけ、実際に「気のせいじゃないの？」と言わせ、今日ようやくしっくりきた。

「あんた感覚どうなってんのよ。1マイクロメートルでも誤差があれば体が異変を感じ取る。機械みたいな精密さと獣みたいな感覚の鋭敏さ。この二つって同居するもんなの？」

「幼少から命を野晒しにして得た感覚だからな」

「……前から訊きたかったんだけど、潤さんって昔何してたの？」

「今とそう変わらない。学校には行ってなかったが」

「にしては知的……じゃないわね。なんていうか、不思議よね。戦闘に長《た》けていて、学力もトップって聞いたけど」

さてどうするか。オレの過去については、必要がない限り誰にも話すつもりはない。

むしろ、今はまだ話してしまうことによるデメリットが大きすぎるのだ。

煙に撒《ま》く方法を考え、必要なところを隠して事実を伝えるのが後腐れがなさそうだ。

という結論に至った直後、充造《じゅうぞう》がタバコを咥《くわ》えて出てきた。

「やめとけ、上がこいつの素性を隠したんなら、それだけの理由があってのことだ。あんまり人への好奇心が強い奴は長生きできねぇぞ。んな時間があるなら銃でも弄《いじ》ってろ半人前」

どうやら聞いていたらしい充造が助け舟をくれたらしい。

しかもスミの扱い方は熟知しているようで、タバコを吸うことによってヘイトが移った。

「師匠、禁煙のロゴが見えないのかなぁ……？　ボケちゃったかしら？」

「お？　見えるが、煙がアウトなら硝煙もNGじゃねぇのか？　はっはっはっ！」

「面白《おもしろ》くないんだけどこのクソジジイ！　臭いから早く外出てよ！」

ゲシゲシと足蹴《あしげ》にして充造を追い出したスミは、威嚇する猫のようにしばらくフーフーと唸《うな》っていたが、やがて溜息《ためいき》と共に口を尖《とが》らせながら振り返った。

「……えっと、ごめんなさい。余計なこと訊いた」

「気にするな。いずれ話してやる」

「そうは言ってもね、ウチは知ってたはずなの。依頼人のことを訊いて殺された仲間が、昔何人もいた。いつも何かをやらかしてから、またやったって後悔する」

どうやらスミには、意外と苦労していた時代もあるらしい。

日本で銃をいじる仕事をしていた以上、まともな職場は少なかったのだろう。

もちろんちゃんとした職業として食っていける人間もいるが、スミの場合じゃ選択肢がなかったということは想像がつく。裏社会の、非合法な活動で身につけた経験なのだろう。

「またバカやった、けどウチは死ななかった。ウチと仲間で何が違ったのか、考えても答えは出ない。この失敗もいずれ忘れて、またおんなじことを繰り返すんよ、ウチは」

諦めを多分に含ませた独白だった。

自分はどうせ失敗するとどこかで間違い、その度に後悔するダメな人間だと卑下している。

だが、そのどこに諦める要素があるのかオレには分からない。

人間は心に誓おうと、心に刻もうと、ふとした瞬間にそれを忘れ、過ちを犯す。

絶対に自分の過ちを忘れない人間は、犯した過ちのことしか考えられず、新たな過ちを増やしてしまう。その事実を理解していようとなかろうと、人という生物は膨大な数の過ちの上に成り立っているのだ。つまり考えるだけ無駄だ。

だがしかし、その無駄こそが人を人たらしめる証左なのだと、オレは信じている。

人と過ちは切り離せない。

人は必ず奪い、殴り、殺し合う。それらが過ちかと問われるても、そうとは断言できない。故に気にする必要がない。過ちとは人として、必要不可欠な失敗だ。

「考えすぎだ」

「え？」

「時間を巻き戻せるなら余計なお世話だろうが、行動という現実は変わらない。なら失敗など気にせず先に進めばいい。少なくともオレはそうしてきたし、これからもそうするつもりだ」

「そんなこと、言われなくても……」

スミは工房に戻り、すぐに戻ってきた。彼女の手には缶ビールが2本。

「大抵のことはこれで忘れるからさ」

「お前今いくつだ」

「酒を飲むことに関して、全く問題ない年齢よ。潤さんよりも歳上《としうえ》だから」

「もう1本持っているようだが、オレは飲まないぞ。いつ緊急招集されるか分からない」

「何言ってるの？　両方ウチが飲むんですー」

あっという間に1本飲み干し、次を開ける。

「ほどほどにしておけよ」

「わぁかってるってぇ。ウチをなんらと思ってるのよ」

すでに酔っているんじゃ……。

「あ！　テメェ！　俺《おれ》のビール飲みやがって！」

いいタイミングで帰ってきた充造が、酒浸るスミを見るや否や、声を荒らげる。

「師匠にはタバコがあるじゃない」

「ウルセェ！　酒とタバコと銃は俺の生きがいだ！　誰にも渡さん！」

「だぁ！　だからってウチが口つけたやつ飲まないでよ！　冷蔵庫にまだあるんだから！」

「俺が買ったもんだ。これ以上俺以外に飲まれてたまるか！」

……絡まれないうちにそろそろ帰るか。

そう思い立ち、射撃場を離れようとすると、スマホが震えた。

「貴様ら、酒盛りはそこまでだ」

スマホの画面には、マスターからチーム全員の招集指令が来ていた。

「仕事の時間だ」

2

学園長室には、オレと実働A班の3人、オペレーターの千宮《せんのみや》ふうかが揃《そろ》っている。

「揃ったな」

久しぶりに聞くマスターの声は少し疲れ気味だった。

この人は睡眠も食事もろくに摂らず、ぶっ続けで仕事をしていたのだろう。誰かが管理しなければ永遠と仕事をしてしまう。そういう人だ。

「早速だが、概要を説明する」

モニターが起動し、とある場所といくつかのデータが映し出される。

「工場？」

「以前取り逃した武器商人の潜伏先が割れた。京葉《けいよう》工業地帯の工場の一角。どうやらここに匿《かくま》われているらしい」

「匿われている……とは？」

青葉《あおば》の質問に答えたのはふうかだった。

「日本に密入国、及び銃火器を持ち込んだのはカールグスタフって名前で仕事してる武器商人グループだ。潜伏先の工場長とは昔海外で仕事してたらしい。その縁で匿ってもらってるんだろうな」

ふうかがタブレットに打ち込み、スワイプするとモニターにカールグスタフのメンバーの顔写真が映し出される。恐らく欧米人であろう3人の男。

「2人は専属のボディガードだ。邪魔であれば消してかまわん。あくまでも目的は武器商人カールグスタフのリーダーであることを忘れるな。それと、一つ問題がある」

マスターが目の前にあるパソコンを操作すると、モニターの画像は映像へと切り替わった。

「武器商人とは別に、国籍不明の外国人13人が密入国しているのが、公安によって確認されている。覆面によってNシステムでの照合ができないが、同工場付近で姿を眩《くらま》せた」

「武器商人の増援ッスか？」

「あくまで私の予想だが、別口だろう。こいつらと武器商人の取り合いになると思っている」

オレはマスターの言い方に少し違和感を覚えた。

知っていることを意図的に隠しているような発言に。

「つまり、その国籍不明の外国人は武装し、抵抗してくる可能性があると？」

「可能性の一つとして考慮したまえ」

やはり明確な発言を避けている。

これが作戦上必要な物なのか、それとも深く喋《しゃべ》れない理由でもあるのか、これ以上は自分で考えるしかないようだ。

「どっちにせよ武器商人と接触してんなら銃くらい持ってんだろ。どうせ殺しの許可は出てんだから、目標以外はやっちまえばいい」

無言でマスターにアイコンタクトで確認すると、こくりと頷《うなず》いた。

「恐らく戦闘は避けられませんね」

「単独潜入して武器商人の居場所だけは摑《つか》んだほうがいいッスよね。巻き込まないように」

「ああ、頼む。衣吹は武器商人の位置を確認後、突入して殲滅《せんめつ》。青葉は支援狙撃だ」

工場地帯は射線が通りにくく、狙撃の有効性は低いものの、いたらいたで何かと役に立つ。

「ある程度有効な狙撃ポイントには目星をつけている。決断はフィクサーに任せる」

「そうですね。私もそれでいいと思います」

ふうかが狙撃ポイントの決定権を委《ゆだ》ねてきて、青葉もそれを了承する。

モニターが航空写真に変わり、狙撃ポイントが3つ表示された。どれも作戦地域の向上を狙《ねら》うのに有効なポイントだが、何か引っかかる。

言語化するのが難しいが、なんというか、長年の勘が危険だと訴えている。

「あの、フィクサー？」

「……いや、なんでもない。狙撃ポイントはここにしよう」

襲撃する工場の南にある建物の屋上。給水タンクや諸々の障害物が多いが、工場を見張るのには何も問題はない。距離は500から600メートルほど。

「了解しました」

「今回はボクも現場に行くよ。指揮車から出るつもりはないけど」

「運転はできるのか？」

「問題ない」

そう言って運転免許を見せてくる。問題は運転技能なのだが、この学園で免許を取得しているということは、本人も言う通り問題はないだろう。

作戦遂行においての情報が少ないことは気になるが、少しの想定外は許容範囲だ。

少々の想定外ならオレが覆せばどうとでもなる。

それに、せっかく心を開きかけている3人を、失うのはあまりに惜しい。

もし何かあったときは、オレが出ることになるだろう。

「それと、羽黒《はぐろ》潤」

「なんだ?」

「貴様は今回、現場に出ることは許さん。これは命令だ」

オレの心を読んだようなタイミングでの、マスターの命令。明確な理由も知らされないその命令に、オレはただ、

「……ああ、分かった」

とだけ答えた。

「さて、私からは以上だ。細かい調整は道中でしたまえ。各自、自分の銃の持ち出し許可の書類を持って工房で受け取るように」

3人が書類を受け取るのと同じように、オレも書類を受け取った。

現場に出るなという割には携行許可は出るんだな、と思ったが、すぐに考えるのをやめた。

命令と言われて仕舞《しま》えば仕方あるまい。

オレが現場に出ることは許されない。


それが例え、死に瀕《ひん》したこいつらを見殺しにする結果になったとしても。

「…………？」


少しだけ、肺の辺りがモヤッとした気がした。いや、気のせいだ。

オレはこの命令に従わなければならん。

それがマスターの犬である、オレにただ一つ許された生き方なのだから。

命令は全力で遂行する。何が犠牲になるとしても。

3

既に夜の帷《とばり》は降りた。

件《くだん》の工場から少し離れた場所にバンを止め、ふうかがドローンによる偵察を行っている。

青葉、衣吹、幽々子は配置済みだ。

「周囲の工場は全て停止している。目標の工場にも動きはない」

「電気もついてないが、地下でもあるのか？」

『こちらからも人影は確認できません。フィクサーの言う通り、地下があると推測します』

『人の出入りの痕跡《こんせき》は確認できるッス。間違いなく人はいるッスね』

青葉と幽々子からも報告が入る。

今回の任務は室内戦、それも地下での戦闘がメインになってくるだろう。ドローン偵察とスナイパーの配置は効果的ではなさそうだ。

この先は幽々子の偵察次第で作戦の難易度が上下するだろう。

『おっと？　地下への入り口はっけ～ん。この隠し方はやましさ満点ッスよ』

「衣吹、地下への入り口まで進め。幽々子はそこから侵入しろ」

『オッケ』

『了解ッス。お任せあれ』

幽々子は自信満々に言葉を発し、地下へ侵入していった。

「それと、衣吹」

『あ？　何？』

「今度は無線機を壊すなよ」

『わーってるよ！　しつけーな』

この場にいれば蹴《け》りの一つでも飛んできそうなものだが、ここなら何も飛んでこないな。

さて、衣吹もからかったことだし、しばらくやることがない。自主的に動けるようなこともなく、今のところは幽々子の報告待ちだ。

座席の背もたれに深く体を預けると小さな振動を感じた。後部座席を見ると、貧乏ゆすりをするふうかが苛立《いらだ》たしげに髪をかき、ぶつぶつと何か呟《つぶや》いている。

手持ち無沙汰《ぶさた》というわけではなさそうだ。むしろタブレットを見たりスマホを見たりと側《そば》から見ると忙《せわ》しない。

「チッ、電波が悪いな」

「それくらいでイライラするな」

「それくらい？　お前情報を舐《な》めてるのか？　情報は最大の武器だ。そして最強武器を活かすのは速度だ。アンテナが一本消えるごとに人が一人死ぬと思え！」

「分かったから落ち着け。座席を蹴るな」

どうやら今日は虫のいどころが悪いようだ。重い日なのかもしれない。

「今、またデリカシーのないことを考えなかったか？」

オレの周りの女は総じてエスパーなのかもしれない。

「オレはデリカシーの塊みたいな人間だが、それより周囲に異常はないか？」

「……欠片《かけら》もないの間違いだろ。ま、周囲に異常なんてないけどな――」

そんな会話の直後、窓を開けて上空に飛ぶドローンを見つけたときだった。

「――ッ！　はぁ⁉」

「何だと⁉」

オレとふうかは同時に声を上げた。

ドローンが空中で強い衝撃を受け、落ちていく。カメラは検知不能になり、タブレットの画面には黒い画面に白い文字で「No Signal」の文字が浮かんでいる。

「ドローンが落とされた！　スナイパーがいるぞ！」

「かなり遠い！」

「この暗闇《くらやみ》の中当てられる技術を持っていると言うことは相当な手練だぞ！」

事態が急転した。

そんな中、オレの思考を支配したのは「やはり」という感情だった。

スナイパーが存在するかもしれないと言う考えは最初からあった。ふうかから示された有効狙撃ポイントの全てが、とある地点からの狙撃が可能な場所だった。

それでも青葉に知らせなかったのは、確定でない情報を伝えるのを避けたかったからだが。

「裏目だったか」

つまり、オレたちが武器商人の居場所を掴み、回収に来ること自体読まれていたと言うことだ。とすれば、地下に潜った幽々子も危険ということになる。

『方角は分かりますか？　狙撃します』

「別のドローンで確認した。２時方向、一番高いビルだ」

　ふうかの報告を聞いて、オレは思考をやめて叫んだ。

「止まれ！　顔を出すな！　遮蔽物《しゃへい》から出るな！」

『——え？』

　青葉の間の抜けた声と共に、崩れ落ちるような音がインカムに響いた。

「青葉！　無事か⁉　被弾は⁉」

『む、無傷……です。スコープに当たって、弾道が外れました……スコープに当たっていなければ、死んで……いました……』

　遅まきながら死に直面した事実を前に、青葉は茫然《ぼうぜん》自失している。その様子がインカム越しにも聞いてとれた。

　恐らく、この任務中に払拭《ふっしょく》することはできないだろう。

「ふうか、敵スナイパーの射線に入らないよう青葉を誘導してやれ」

「分かった。……分かってる」

　突然の開戦。

　スナイパーは国籍不明の13人の仲間と見て間違いないだろう。

　あれほどの練度のスナイパーだ。顔写真くらいは界隈《かいわい》に出回っていてもおかしくはない。恐らくFBIのブラックリストに載っているような連中相手ということ。

ここまで後手に回りすぎている。流石に幽々子も危険な状態かもしれない。

『先輩、武器商人と、ボディガード2名を発見しました』

衣吹を救援に向かわせるか逡巡《しゅんじゅん》したが、幽々子から連絡があった。

報告と生存自体は喜ばしいことだが、そう簡単にはいかないことを声色で察した。

「いい知らせではなさそうだな」

『はい。既に殺されています』

やはりか。どこまでも先回りされている。

「オレたちが来ること自体漏《も》れていた。可能性の一つとして考えてはいたが、随分と手が早い。行動に迷いがなく、予測もされている。厄介な指揮官がいるぞ」

『そッスね。自分の存在にも気づかれてます。地上への出入り口は工場入ってきたとこだけッス。戦闘は避けられないかと』

「衣吹、聞いていたな？　幽々子の援護に回れ」

『分かった。暴《あば》れてもかまわねぇよな？』

「ああ、構わん。その代わり、死ぬなよ」

本来ならオレも出るべき事態だ。だが、動くわけにはいかない。

マスターに現場に出るなと命令された以上、その命令には従わなくてはならない。

主人に従う。そんな当たり前の強力無比な暗示が、今はもどかしくて仕方ない。

4

「さて、ヤバくなってきたッスね」

肌がひりつき、人が発する警戒が肌に刺さって止《や》まない。

コンクリートに囲まれた無骨な部屋で、廊下に出ればすぐにでも見つかって蜂の巣にされる。傍《かたわ》らにあるのは回収するはずだった武器商人とそのボディガード……だったもの。

「流石にしんどいッスね。死なないにしても、大怪我《けが》は覚悟すべきか」

じきにこの部屋も調べ上げられる。誰かがこの部屋を覗《のぞ》きに来る前に部屋から出なければ、脱出するチャンスすら無くなるかもしれない。最悪命を落としかねない。

「ブキ先輩を待つのもいいッスけど、敵と鉢合わせて戦闘中だったら救援は期待できないとなると、人に頼る作戦は立てられないッスね」

独《ひと》り言《ご》ちているうちに、廊下から聞こえてくる足音は近づいてくる。

今飛び出して撃ちまくったって、倒せるのはせいぜい3人ッス。

「ならやっぱり、この場所をこの場所でやり過ごしてから、1人ずつ確実に……ッスね」

傍らに転がっているとある資材に目を向けて、ニヤリと口角を上げた。


「いたか?」

「いや、この部屋にはいない」

自分が隠れている部屋に入ってきた、2人の外国人をじっくり観察する。

武装はどちらも【AKS74U】ッス。みなさんご存知【AK74】のストックを折りたたみ式にし、さらに銃身を切り詰めて短くした銃。俗に言うクリンコフ。

それとボディアーマー、防弾ヘルメット。……もはやどこぞの軍人の様相ッスね。

「1人だったらやれてたッスけど、あの装備の2人を音も出さずに仕留めるのは結構無茶ッスかね。静かにやるならもっと確実にやれる時を待った方が賢明か」

いまだに部屋にいる2人の男をさらにじっくり観察する。

……ん?　自分がどうして見つからないのかって?

ふっふっふ、それはこの部屋に、潜入に使えるスーパーアイテムが偶然捨てられていたからッスよ。古来より、伝説の傭兵も愛用したという潜入ミッションのマストアイテム!


――そう、ダンボールだ。

この部屋は元々倉庫だったらしく、自分1人が入れるようなダンボールが大量にあった。潰《つぶ》されていなかったダンボールでは少し小さかったので、それを片付けて大きいダンボールを組み立ててその中に潜伏している。……いやー、意外にバレないもんッスね。

「しっかし、バレずにここまで潜入できるもんか、甚《はなは》だ疑問だね」

「リーダーの命令なんだ。一応探すふりくらいはしておくぞ。ほら隈《くま》なく探せ！」

「やる気無い声で言われてもなぁ。ガハハ！」

隈だらけなんスよねぇ……。まあ言わんけど。

「ひょっとしてこのダンボールの中だったりしてな！」

ドキッ。

「流石にあの大きさのダンボールに特殊部隊の人間は入らんだろう。ゲームのやりすぎだ」

「そりゃそうか。次の部屋行こうぜ。あの女にどやされる前に」

2人の外国人は部屋から出ていく。

「ぷはぁっ！　ちょうドキドキしたッス。これが……恋ッスかぁッ⁉」

無意識に肺に溜めていた空気を吐き出し、ついでにアホなことを嘯《うそぶ》く。

恐らくガタイのいい特殊部隊の人間が突入してきてると思っていたんでしょうね。自分でも結構ギリギリのサイズのダンボールに入ったのが功を奏したみたいッス。

「幽々子ちゃんはやっぱり運を持ってる女ってことッスね」

ポケットサイズの手鏡で廊下を確認すると、先ほどの2人が二手に分かれるのを確認した。

片方はトイレに。もう片方は別の部屋に。サッとトイレに潜り込み、用を足している男の背後に近づいた。

「どうも」

「ッ!」

男が言葉を発する前に、仕込みは終わっている。

天井《てんじょう》の配管パイプにカーボン繊維の極細ワイヤーをかけ、滑車の要領で男の体を吊《つ》り上げる。

ワイヤーが首に食い込み、掻《か》きむしろうとして手からこぼれ落ちた銃を足でキャッチして音を消す。程なくして、大きくびくんと痙攣《けいれん》した男は絶命した。

「ほらほら、トイレはちゃんと流さないとダメじゃないッスか。今回だけ特別ッスよぉ?」

小便器のボタンを押し、それを流した後、死体を個室へと引きずって隠す。

確かここにいるのは全部で13人ッスね。1人はこれ。もう1人はアオちゃん先輩を狙ったスナイパーだから、後11人ッスか。

殲滅は任務には含まれて無いッスけど、後ろから撃たれるくらいなら背後の憂いは断っておいた方が精神的にかなり楽だ。

「と言うわけで、もう片方も」

別の部屋に入った男を追うと、教室くらいの広さの部屋に出た。

テレビにテーブル、ソファ、絨毯《じゅうたん》まで敷いてあって、生活感がある部屋ッス。

そこにいた目当ての男は、伸びをしてソファに座り、銃を置いてタバコを吸い始めた。

「血は出るけど、しゃーないッスね」

座っている状態で首を吊っても、行動不能にするまでには少しラグがある。人によっては反撃できなくもないラグが。だから今度は太もものベルトのスローイングナイフに手をかける。

即座に背後を取り、ソファの後ろから口を押さえ、喉《のど》を深く斬《き》った。

男は目を見開き、自分を振り解《ほど》こうとするもその抵抗は弱々しく、すぐに崩れ落ちた。

「後10人……ブキ先輩は何してるんスかね」

多分戦闘中ではあると思う。けど銃声が聞こえないのが気にかかる。

「ま、この部屋が一番奥の部屋ですし、後は地上への階段を目指すだけ――」

ガチャ、と音を立てて部屋にあった別の扉が開いた。

「なッ……！」

出てきた男が何かを発する前に、体が動いてスローイングナイフを投げていた。

それは男の腕にさっくりと刺さり、銃を落とさせ、肩に提《さ》げていたサプレッサー装着済みの【スコーピオンEVO3】を腰だめで撃った。

ボディアーマーを貫けなかったとしても、人間にダメージがないなんてことはないし、当たりどころが悪ければ、いや、当たりどころが良くないと、銃で撃たれた人間は大体死ぬ。

即死か、そうじゃないかの差があるだけ。

「ふぃ～、焦《あせ》ったッス。慌てて撃ち過ぎたッスね」

スコーピオンをスリングで肩に掛け直し、廊下を確認する。

手鏡で確認してから目視で顔を出した時だった。やたらと炸裂《さくれつ》音が響く銃声が聞こえた。

「お、ブキ先輩の【オックス】ッスね。これでちょっとは楽になればいいんスけどねぇ」

しかし、そんな願いは廊下の奥からくる人影を見て諦めに変わった。

8人。銃を構えながら隙《すき》なくこちらへ向かっている。

この部屋、もしくは周辺に侵入者がいると確信している動き。いよいよ位置バレした。

「この数を一手に1人で相手するのはちょい厳しいッスね」

とはいえ諦めるわけにもいかないと、部屋の中に視線を巡らせる。

利用できそうなもの、足止めに使えそうなもの、足場に弾除けのバリケード位置を瞬時に把握し、なんとかできないことは無い、と考える。

ソファの死体と別の部屋から出てきた死体からAKS74Uとスモークグレネードを拝借し、マガジンも持ってるだけ抜き取る。

マガジンを取り外して弾が入っていることを確認し、チャージングハンドルを引いてチャンバーに装填されているか確認する。

短く息を吐き、集中する。

頭がクリアになっていき、視野が広がっていくのを感じた。準備は整った。

「ショータイム……ッス」


左手にAKS74Uのグリップを握り、狙いがつけられる最低限だけ体を晒して撃つ。

タタタン、タタタン、と刻むように撃つと、敵も当然反撃してくる。

ただ、反撃で飛んで来た弾は狙って放たれたものではなく、自分の行動を抑えつけるための制圧射撃。

「奇襲で2人倒せたのはラッキーッスね」

廊下に倒れた2人は当たりどころが悪かったのだろう。

それ以外にも被弾した敵はいたみたいッスけど、別の敵が引っ張っていったから生きてはいるはず。

程なくして弾が切れ、弾切れを悟った敵が一斉に前進する。

敵が前進を開始したタイミングで、リロードせずもう一丁のAKS74Uに切り替え、再び射撃を開始した。何人か被弾したみたいッスけど、当然数的不利は覆らない。

「さてさてさぁて、どこまで持ち堪えられるッスかね」

無論自分が。

敵は明らかに訓練された人間だ。暗殺、不意打ち、奇襲でなんとか数は減らせているものの、すでに油断も隙もなくなってきている。

弾切れしたAKS74Uの空マガジンを新しいマガジンで押し出すように排出し、新しいマガジンを押し込んでチャージングハンドルを鳴らす。

もはや狙ってる猶予などなく、銃だけを廊下に出して撃ちまくる。

「きついッス！　ブキ先輩まだッスか⁉」

……？　無線で連絡しても反応がない？

一瞬の動揺が狙われたのか、はたまた偶然か、AKS74Uに被弾し、破壊された。

予備マガジンはもう無い。スコーピオンを手に収め、鏡で様子を窺《うかが》う。

牽制射撃を繰り返す敵は、もう眼前に迫っている。隠れる時間もなさそう。

まあ保った方だろう。だってグレネードでも投げ込まれたら一瞬で終わってた……あれ？

「そういえば、なんで何も投げてこないんスか？」

それに気づいたと同時、カン、と音がして手榴弾《しゅりゅうだん》が投げ込まれたのを察した。

「フラグっ⁉」

二つの意味で、なんて考える余裕はない。

近くには遮蔽にできるようなものは無く、あ、死んだ。と思った。

刹那《せつな》、ブフォァという音と共に煙が部屋に充満した。

スモークグレネード。殺傷性はない。このタイミングでようやく視界を閉ざす理由は分からなかったが、これはチャンス。うまくやれば鏖殺《みなごろし》の好機ッス。

「ムーブ！　ムーブ！」

わざわざスモークの中突入してくる敵。

自分は壁を足場に跳躍し、敵を降下強襲する。

この視界不良なら、むしろ自分に分がある、そんな自信からくる選択だった。

空中からスローイングナイフを床に投げ、カッと音がして敵の視線が自然と下がる。

うなじが剝《む》き出しになった敵の頸椎《けいつい》を自由落下とともに切断した。

無防備な急所を断ち切って着地し、後５人、と視線を上げる。

「――ッ！　カハッ」

視線を上げた瞬間だった。脇腹《わきばら》に強烈な痛みが走ったのは。

蹴り飛ばされたのだと理解し、対処しようと試行した時にはもう、追撃がきた。

撓《たお》れている自分の鳩尾《みぞおち》に、つま先が刺さり、嗚咽《おえつ》も空気も胃液も全部吐きだした。

「全く、何人殺す気だ？　調子に乗るなよ」

呼吸……息が、吸いたい……。

早く、早く……早くッ！

「……ッ、ハァ、仲間を、囮《おとり》に、したんスか……」

「そうでもしなきゃ、目的を達成できないんでね」

「にしては……随分、死にました……けど？」

「ああ、痛手だよ。うちとしては、こんなところで戦力を失いたくはなかったんだが——」

会話を始めた敵に、スローイングナイフを投げ——

「無駄だ」

投げる前に、腕を摑んで止められていた。

ここで初めて、敵の顔を見た。

年齢は30後半、背は先輩より少し低いくらい。そして服越しにでも分かる鍛えられた肉体。足運び、銃を抜く動作、どれも戦闘経験が豊富な者の手捌《てさば》きッス。

そして、もう一つ。

「どっかで見た顔ッスね……」

「互いにな。実際、2週間くらい前までは軍にいた。俺たちは少し前まで仕事仲間だったってわけさ」

「武器商人を殺したのもあんた……いや、あんたらッスね」

「武器商人は俺たちの物を盗んだ。当然の結果だ。ああ、俺たちの物と言っても、軍の物ってわけじゃあないぞ。昔からもっと別の、組織に属しているからな」

敵はすでに周囲を囲い、逃げ場を塞《ふさ》いでいる。下手に逃げれば即座に撃つだろう。

「さて、武器を捨てて、俺たちと来てもらおう。うちのボスも数々の現場で功績を残す、槐《えんじゅ》幽々子に興味があるらしい。付いてくるなら、これ以上危害は加えない」

敵は一歩離れ、腰のホルスターから抜いたハンドガン【トカレフ】を向けてくる。

……やれることは、もうほとんどない。

「はぁ、分かったッス」

最初の蹴りで、スコーピオンは手から離れている。

スローイングナイフを収めている太もものベルトに手をかける。わざとらしく片足立になり、下着を脱ぐようにゆっくり、スカートの中が見えるくらい大胆に。

「ひゅう♪」

周囲を囲んでいる敵の1人が口笛を鳴らす。

視線はそこに誘導されていることだろう。

あえてもう一度言う。自分にできることは、ほとんどない。この状況でいくら俊敏に動いたところで、銃弾より早く動けないから意味がない。

しかし、敵の意識が散漫になれば話は別ッス。

ゆっくり、自然に、太もものベルトを下ろすふりをして、下着に引っ掛けて隠していた切り札のピンを抜く。

ベルトをこれみよがしに落とすと同時、背後から煙が噴出した。

「何ッ！」

廊下に逃げても意味がない。だから一縷《いちる》の望みをかけて、一つだけある扉に飛び込む算段。

銃声と怒号が飛ぶが、同士討ちを避けるために銃声はすぐに止んだ。

一番近くにいた敵だけは反応し、掴もうと手を伸ばしてきたッスけど、流石に先輩よりも遅い。制服のベストを脱いで囮にし、扉に入って閂《かんぬき》をかけた。

それが限界だった。

「あぁッ！　もう、最悪……ッスね。……痛いなぁ」

脇腹と太ももに合計2発。弾は貫通してくれている。急所には当たってないけど、出血はかなり多い。命はあるものの満身創痍《そうい》。

「ここを開けろ！」

ドンドンと扉が叩かれ、ノブが忙しなく回る。閂のおかげで入ってこれないらしい。

「……はは、たいした時間一緒に過ごしたわけでもないのに、今はやたら声が聞きたい」

インカムに触れ、無線を起動する。

「せん、ぱい……」

『幽々子！　無事か!?　状況は!?』

「すみません、ミスりました。イケると思ったんスけどねぇ……っはは、先輩みたいにはいきませんでした。無茶、したなぁ……」

『衣吹は来てないのか⁉』

「遠くで銃声が聞こえたんで……交戦してるんじゃ、ないッスかねぇ……」

はぁ、安心するなぁ……先輩の声……。

がくえんちょ先生に現場から出ないように言われてましたし、ここには、こないッスよね。

霞《かす》む視界を精一杯駆使して、最後の情報を伝えよう。

「やつら、何らかの……テロ組織ッス。一番頑丈そうなとこに隠れてますけど、なんか、ちゅうしゃきが、おいてあって……そのはこに花がかかれてるっす」

『……そうか。何の花か分かるか？』

「えっと、黄菖蒲《きしょうぶ》……っすかね」

あ〜、しゅっけつが、おおい……たおれたらちょっとはらくに、なるっすか？

『――――』

それ以降、先輩からの連絡は聞こえなかった。

ああ……もっと、遊びたかった。みんなと、先輩と……。

「そういえば、死ぬ時は先輩の腕の中って約束、守れなくて、すみません……」

5

私が、リアルに死を覚悟したのは何度目だろう。

確か最初は9歳の頃、山で熊に遭遇した時だったと思う。でも、あの時とは違う。

何度か間の悪い事故に巻き込まれたことはあるけれど、その全てが今とは違う。

今現在の、明確な恐怖の前では、全てが思い込みだったのだと理解した。させられた。

「私は前世で何かとんでもないことをしたんですかね」

そんな強がりを吐きながら、腕の中に【MSG90】を抱きかかえる。

体が震えて動かない。

それでもまだ死んでないのは、運がいいからだ。

フィクサーも言っていた、狙撃手に必要な才能。

運。それは私にも備わっていると先ほど確信しました。

ライフルのスコープに狙撃された弾丸が当たった瞬間に。

それでも、フィクサーが言う通り、私には経験が足りない。圧倒的に。

こう言う時、どう動けば正解なのかが分からない。

昔から私は、正解の行動が分からない時、立ち止まることしかしてこなかった。

『おい青葉、これから逃走ルートを指示する。射線は切ってるからその通りに動け』

千宮さんからの無線。誘導の通りに行けば、安全に帰れる。この状況を切り抜けられる。

本当に？　襲撃さえ読んでいた今回の敵、地下の方は分からないけれど、……ううん、あれほどのスナイパーを用意できる敵なら、今回の敵はプロだ。

じゃあ、逃走ルートさえ読まれている可能性だってある。考えても考えても、今すぐに得ることはできない【経験】という力には勝てない。

『青葉、大丈夫か？』

「は、はい。……大丈夫です」

そうだ。状況を整理している時間はないのだ。そんな思考に囚《とら》われている時間があるなら、逃げなければ。冷静になれなければ、死ぬだけなんだから。

助かろうと、立ちあがろうと、行動を起こそうとした瞬間、プンという音と共にコンクリートの地面が爆《は》ぜ、遅れて銃声が聞こえました。

見られているのか、たまたまタイミングが被っただけなのか、どちらにしても私の行動を封じ、心を折るのに充分すぎる1発だった。

私は頭を抱えて、伏せることしかできなくなってしまったのだから。

「……そのルートは無理です！　きっと読まれています！」

『大丈夫だ。読まれていても射線は通ってない。あの場所からは手が出ない！』

怖い。

死ぬ覚悟なんてとうの昔にできていると思っていた。

初めて殺意を込めて人を撃ったあの日から、私は鉄と硝煙の世界で生き、その世界で死んでいくのだと、覚悟を決めたはずだった。

何を偉そうに。ただ無知なだけじゃないですか。

何も知らない、銃という暴力を持たされ、訓練して、仕事をこなして、得意げになっているだけの子供、それが私の本質なのだと、たった1発の弾丸で気づかされた。

「……私は弱い」

『そんなことは今はいいだろ！　早く動け、本当に死ぬぞ』

「無理です！　きっとその逃走ルートは読まれています！　一瞬でも姿を見せれば……っ」

『止まってる方が危ないって言ってるんだよ！　絶対に位置を変えてくる！』

「そんな思考すら読まれているかもしれないじゃないですかっ！」

私は今、きっとひどい顔をしていることでしょう。

冷静なんてただの貼《は》り付けられた紙のように脆《もろ》く、風に晒されるだけで飛んでいく。

子供の頃から冷静だと言われてきたけど、それは見た目だけだ。いつだって心は波立っていた。それを押し込めているから表情に出ないだけ。それも、フィクサーには気づかれてる。

あるのはただ、体が震えて動けない子供。弱くて、脆くて、溢《あふ》れ出した涙の止め方も分からない子供。

『分かった！　じゃあドローンを出すからそれを囮にしろ！』

「いいです。とっておいてください。どうせ私は逃げきれません」

『フィクサーくん！　幽々子の無線を聴いてるところ悪いが、青葉を説得してくれ！』

フィクサー。あの人が動けと言ってくれれば、私は動けるかもしれない。

人としては嫌いだけれど、同業者として、チームとして力を信用しているから。

憎まれ口を叩いても、どんなに上官に対する無礼を働いても、あなたはどこか笑っていた。ずっと余裕があった。

態度にも口にも出さないけれど、今まで師匠ほど信用できた人はフィクサーだけ。

あなただけは、未熟な子供として私を見ていてくれた。育てようとしてくれていた。見守ってくれていた。

「……なんて、都合良すぎですね。我ながら女々しい」

フィクサーと出会ってから、私の弱さが際立《きわだ》った気がする。

フィクサーの側でなら、もっと多くを学べたと思う。もっと多くを学びたかった。

でも、その願いはもう叶《かな》わない。

あの人は、助けにはこない。

学園長にそう言われたから。

上官の、特に学園長の命令に従わないわけがない。

「……嘘吐《うそつ》き」

口を突いて出た言葉がこれだった。

嘘吐き。誰に対する言葉？　フィクサーだとしたら、あの人がいつ嘘を吐いた……？

……ああ、あの時だ。射撃場で、あなたは私に言った。今はまだ守ってやると。

あなたは言ってくれたじゃないですか。だから、だから……。


「助けてよ」

6

あーしはフィクサーの指示で地下に入った。そして、妙な女と出会った。

下ろした赤い長髪、身長は170くらい。メガネをかけ、タンクトップと色を合わせたカーゴパンツを着用している。腰にはマチェット、右太もものホルスターには【トカレフ】。

タンクトップから伸びる腕は、女性らしさと力強さを兼ね備えている。鍛え抜かれた体と、立ち姿、歩行、細かい動作で否応なしに強さを理解させられた。

こいつはヤバい。

軍人ではなく、もっと殺しに偏った人間だ。しかも、感じる圧は潤サン並ときた。

その女は値踏みするようにあーしを眺めてから、口に薄ら笑いを浮かべて言った。

「ふーん、てっきり【S】の芹水仙《せりすいせん》が出張ってくるかと思ってたけど、子供ね。日本が少女兵を使うとも思えないし……噂《うわさ》の【SDF《ストレイドッグスフォース》】ってやつかな？」

こいつ、特殊作戦群にマークされてる自覚があんのかよ！　モノホンのヤベエ奴だ。

「ねぇ、お嬢ちゃん。あなたの目的は何？　殲滅？　それとも密輸された武器の回収？」

全部読まれてる気がするのは気のせいか？

秘匿組織であるはずのSDFの影が摑まれてるし、今回の任務のことも多分知られてる。

13人の外国人の1人。しかもその指揮官ってとこか。

「武器と、武器商人の回収だ」

「あ～、そっかそっか、ごめん。そいつ殺しちゃった。死体でもよければ好きに持ってって」

「そうかよ。……そういえば、もう一つ目的が」

【オックス】を抜いて撃った。

続く言葉はない。どうせ聞く人間がいないから。

「いきなりぶっ放すだなんて、随分と躾《しつけ》がいいじゃない」

「……ハァ⁉」

しっかり狙ったわけじゃあないが、距離は15メートルくらい。動き回っているならいざ知らず、静止状態からの抜き撃ちで外すはずがない距離だろ。こいつ、何した⁉

「一応名乗っておくわね。私はダチュラ。じゃあ、さようなら」

掠《かす》ったらしい脇腹をさすり、余裕のしたり顔で自己紹介までしてきやがる。

「クソッタレ！」

「口じゃなく手を動かしなさいな」

ダチュラの体がゆらりとゆれ、妙な歩法で詰めてきた。

「ンッ！」

また早撃ちが外れた。いや、外させたのか。まるであーしが酔ってるかのように照準が定まらねぇ。そんな錯覚を起こすほど、ダチュラの歩法は異常だった。

気づけば徒手の間合いまで詰められてる。

オックスは抜いてるが、ここまで詰められたら下手に銃は撃てない。

ダチュラは接近の勢いをそのままに突き蹴りを、あーしは側頭を狙ったハイキックを互いに放った。

「ぐっ……」

「ハッ、やるじゃない」

突き蹴りはちょうどへその位置に刺さり、こっちの攻撃はしっかりガードされた。

そして追撃は止まらない。銃を持つ腕、喉、顎《あご》と立て続けに打撃を受けた。

「大丈夫？　フラフラよ？」

頬《ほお》を摑まれて無理やり目を合わせられる。

「今からあなたを殺す。抵抗してもいいわよ？　できるなら」

耳からイヤホンも抜き取られて壊される。

突き放すように、ゴミみたいに床に倒された。

「こ……す」

「ん？」

「こ、ろす」

「いいわよ。できるなら」

銃声が響いた。地下を反響しまくって、どっかで銃撃戦が始まった。多分ゆんだ。

「向こうも始まったみたい」

簡単に死ぬような奴じゃないことは分かってる。それでもこのレベルの敵が相手なら、援護してやらねーと。ってか、それがあーしの役目だろ。

こんなとこで、倒れてるわけにはいかねー！

「アァッ！」

喉のダメージは深く、まともに喋れるようになるには時間がかかる。

それでも、体を動かすだけなら、この女をぶっ倒すだけなら、何も問題はねぇ！

「あらあら、動けたのね。顎にも入れたのだけど、あんまり効いてないのかしら？」

日頃《ひごろ》から脳を使ってねーもんでな！

仕掛ける。

攻撃のほとんどが防がれてるが、潤サン時ほど絶望的じゃない。

少々だが体格の利はあるし、腕力もあーしの方が上。

……それでも、圧倒的な死闘の経験差が埋まるわけでもない。

「フェイントですって攻撃に引っかかると思う?」

実際フェイントに使った攻撃は全部無視され、的確なカウンターを貰う。

勝負を変えようと大ぶりをすると、いなされたり避けられる。

ボディに強烈なブローを食らって屈《かが》んでしまうと、髪を掴まれて膝《ひざ》蹴りが飛んでくる。

「威力重視の一発勝負が当たるわけないでしょ。あと追撃が甘いわね」

おまけにどっかで聞いたセリフを言われる始末。

ダチュラに目立った傷はない。脇腹のかすり傷と、髪が乱れただけ。

あーしの実力じゃあ、メガネすら外せねぇ。

「クソが……禿《は》げたらどーしてくれんだ」

「心配ないわ。あんたに嫁の行き先なんてないのだし、おとなしく閻魔《えんま》に嫁いでなさい」

どうしようもないほど格上。

さぁて、楽しくなってきた。

圧倒的な差を突きつけられても、戦いはやめらんねぇ。

「そりゃ無理だ。たとえ死んでも、閻魔とも戦うからな！」

あっそ。とばかりに飛んでくる膝蹴り。

髪を掴まれてるから当然避けれない。避ける気もない。

顔のどっかの骨が折れる痛みと感触。そんな代償を支払ってようやくできたのは、膝にしがみつくという行為。

「……あら？」

冷静になれ。確かにその通りだったよ、潤サン。

「なあ、なんで銃抜かねぇんだ？」

「この状況で銃なんて無粋じゃない？　別に否定しているわけじゃないけれど、私はこっちの方が断然強いと思ってる。事この狭い地下での戦闘においては、特にね」

うすら笑いと絶対の自信を浮かべながら、腰のマチェットを抜く。

「ところで、いつまでそうやって抱きついてるつもり？」

着地させせねぇぞ。

みっともないと思われてんのか、むしろそれも狙いの一つだ。

……冷静になれ。今となっちゃ最高のアドバイスだぜ。

この作戦前日、わざわざ潤サンの部屋まで行って聞き出したアドバイスだが、冷静になったところでこの絶望的な差が埋まるわけでもねぇと思ってた。

でも違った。冷静になったら視野が開けた。微《かす》かな勝ち筋が見えた。

差を埋めるとしたらなんだと思う？　この子供と大人みたいな大きな開きを埋めるには、これしかねぇ！

「この子……ッ！」

あーしはダチュラの右もものホルスターからトカレフを抜き取った。

しがみついたまま、トカレフに噛《か》みついてスライドを引き、銃口を向ける。

「女の道開けてやんよッ！」

撃ったら勝ちだ。撃てたら勝ちだ。撃てたら……？

あーしは撃てなかった。撃つための指がなかったから。

「……は？　ッッガァァァァァァッッ」

無いはずの指が熱くなっていく。

「残念、もう開いてるのよ」

マチェットについた血を振り払って、ダチュラは嗜虐《しぎゃく》的な笑みを浮かべる。

「少し驚いたけど、この際言っておくわ。あなたに銃を使わなかったのは、その必要がないからよ。でも、力不足だけれど、もう少し弱ければ指を失わずに済んだのにね」

あーしを無造作に壁際に放り出し、マチェットを向ける。

いつの間にか、遠くで鳴っていた銃声も、もう聞こえない。

「遺言くらいは聞いてあげるわよ？　誰かに届けてあげるほど親切ではないけれどね」

「……くははッ」

「何？　気でも触れた？」

「遺言か。いいね、じゃあ一言だけ」

ギラギラした瞳《ひとみ》で、剝き出した犬歯で、滲《にじ》み出る脂汗なんか無視して。

「吠《ほ》え面かきやがれ」

奴は来る。

なんとなく、そんな気がする。

命令無視も理解して、それでも奴は来る。

信頼とか、期待とか、ましてや浮ついた心なんかじゃねぇ。

「それでいいのね？」

マチェットをくるりと回し、構える。

こりゃ、あーしは死ぬなぁ……。

流れるままに戦ってきた。

ただ1つの出来事が人生の全てを奪い、ここまできた。

奪われたものを取り戻すために戦ってたけど、いつの間にか戦いは手段ではなく、目的に変わっていた。

「にいちゃん……」

奪われたものを囁《ささや》いて、目を閉じる。

もう、意識なんてものはなかった。

7

オレは、自分という人間のことをそこまで理解していない。

望まれたかも分からない出生、期待に彩《いろど》られた暴力の道、ガキには過剰な教育の数々。生まれた時から人の死が側にあり、物心付く頃には戦いに駆り出された。

「暗示か……」

吐いても、怪我をしても、倒れても、素直に言うことを聞いていた理由は暗示だ。

親の命令には逆らうな、という暗示や、命令以外での外出禁止、生活すら縛るものまで、合わせて数十の暗示が生まれた頃から刷り込まれていた。今もなお。

刷り込まれた暗示は強力で、暗示を破ろうとすると脳が、心臓が、血管が、身体中《からだ》が、軋《きし》み破裂しそうに熱く膨張しているような錯覚を起こす。錯覚とは思えない現実感で。

実際に錯覚と割り切って脱柵《だっさく》した者もいたが、身体中の血が沸騰したような死体は、今でも脳裏に焼きついて離れないほど、凄惨《せいさん》で悲惨なものだった。

「青葉！　いいから動け！　動くんだっ！」

ふうかが必死に説得を続けている。

青葉はスナイパーの脅威に晒され、幽々子は瀕死《ひんし》の重傷を負い、衣吹は通信も繋《つな》がらない。

心ではすでに決まっているのだ。


今すぐに出て、全員を救う。


最大の壁は刷り込まれたマスターの暗示と命令。

それを破るのに必要なのはなんだ。

マスターが必要に応じて現場に出ろと命令してくれていれば、迷うことすらなく飛び出していた。だが、言い渡されたのは出撃禁止。

命令もあるが、暗示は発動している。

絡みつく暗示は糸のように幾重にも巻きつき、神経に侵入し、さながらマリオネットのように、主人の意のままに行動を強制する。

マスターが最初に暗示をかけたわけではない。オレを作り、育てた親の暗示だ。

現在マスターが暗示の親となっていることは事実だが、それは生活を縛るような暗示をさらに強力な暗示で上書きするためのもの。

オレが生きる上で必要だったこと。それでようやくヒトモドキになったのだ。

「……クソ！　余計なことを考えすぎだ」

自分の声で思考を強制的にシャットアウトする。

「青葉は考えすぎる癖がある。体が動かなくなるほど可能性を思考してるんだ」

オレの言葉が、青葉に対して言っているものと勘違いしたらしいふうかが吐き捨てる。

オレはオレで、偉そうに指導しておきながら、いざとなれば動けない。

これがオレか。できることが考えることだけとは情けない。

「なあ、おい」

ふうかが視線すら向けず、震えながら囁く。

「お前なら、フィクサーなら、この状況を打開できるんじゃないのか？　今からでも全員助けることができるんじゃないのか？」

「……何を根拠に。オレは肝心な時に動けない人間だ。猟犬とて鎖が幾重にも巻き付いているんじゃ、狩りもできないだろう」

「根拠なんていらないだろ。そう思ったから、そうでいてくれないと困るからだっ」

いつ見てもつまらなそうな顔で、仕事で仕方なくここにいます、みたいな顔のふうかが本気で助けを求めているのが分かる。

その願望に、オレは応《こた》えることができない。

「応えてくれ」

願い続ける少女は、暗示の強さは理解していないだろうが、命令違反の重さは重々承知している はずだ。その上で望む。

「あんただけなんだ。羽黒潤、あんただけがあいつらを救えるんだ」

オレもそう思う。

助けたいという理由は理解していない。

それでも、助けなければならないという意思はある。

「……いつまで御託を並べる気だ？」

「は？　なんだ、急に」

「オレに足りないものは何だ？　それを埋めるために必要な物は？　考えろ、答えはすぐそこにある。武器、人材、言葉……情報？」

急にぶつぶつと呟き始めると、ふうかが引いた目を向けてくる。

だが、そんなことはどうでもいい。情報だ。

何かが引っかかっていた。幽々子が気を失う前にもたらした情報が。

それこそが最後の鍵《かぎ》であると、漠然とした直感が働いていた。

「ふうか」

「なんだ？」

「黄菖蒲って花の英名、分かるか？」

「花……？　こんな時に」

「必要なことだ、頼む」

「……菖蒲は多分アイリスだよな？　ってことはイエローアイリスだと思う」

心臓が跳ねた。

イエローアイリス。それはオレを作り育てた機関の名だ。刻印もその花を模《かたど》っている。

今回武器商人が追われ、殺されたのも何処《どこ》かからイエローアイリスの積荷を奪って転売しようとしたからだろう。

殺しを命じたのは当然、イエローアイリスのトップ、現オーナーで国際指名手配中のテロリスト。金髪クソ野郎ことジャック・ル・ルルーシュというわけだ。

このまま動かない理由は無くなった。

そして、動けない理由も無くなった。

襲撃を受けたイエローアイリスから抜け出す際、襲撃をかけたマスターに暗示を上書きされ、全てを捧げる代わりに1つだけ契約をしていた。

イエローアイリスが絡む戦場があれば、オレの裁量に任せると。命令を無視し、好きなように、やりたいように行動していいと。

文字通りの全てを捧げたことで、暗示よりも優先される絶対遵守の契約。

「そうか、マスターはこのために」

暗示を無理やり解かせるために、今回は強い命令で縛ったのか。

あの人はどこまで行っても、ずっと先を見続けている。

もし暗示が無かったとしても、心から尊敬できる女性だ。

「ふぅ、ただいまから命令を違反する。ふうかバックアップをしろ。全員救出するぞ」

急な手のひら返しにふうかは一瞬戸惑ったが、すぐに勝気に笑った。

「遅いぞ！　だが、了解だ！」

積んであるガンケースを開いて【ＰＧＭ．３３８】を取り出す。

ボルトを引いてチャンバーに弾を装填し、決意を固める。

「やるぞ、まずはスナイパーからだ」

Iris Jaune. ――イエローアイリス――

「で？　ボクは何をすればいい⁉」

「敵スナイパーの正確な位置をくれ」

「オッケー、撃たせてもいいんだな」

すぐさまドローンの飛び立つ音がして、夜の空に消えていった。

「青葉《あおば》、お前にも手伝ってもらう」

インカムから青葉にも指示を出す。

『……命令違反じゃないんですか？』

「ああ、そうだな。だが、命令よりも大きな動く理由がある。責任はオレに押し付けろ」

青葉がここで少しでも奮い立ってくれれば、この狙撃対決で大きなアドバンテージを得ることができる。そして彼女も、精神的な意味で前に進むことができるはずだ。

『私にできることなんて……』

「指すら動かんほどに震えているのか。だったらお前には用はない。音を出して弾丸を1発撃ち上げる事すらできん奴《やつ》にはな」

今頃歯噛《いまごろはが》みしているだろう。

自分の弱さを、これでもかと思うほど噛《か》み砕《くだ》こうとしているだろう。

それでいい。そうすることでしか、精神的に強くはなれない。

「お前はオレに言ったぞ。見つかったスナイパーは、狙《ねら》われ続けることに意味があると」

悔め、自分の弱さを。

恨め、自分の不甲斐《ふがい》なさを。

怒れ、自分の実力を、経験不足を。

絶望に打ちひしがれるのは、大切な何かを失ってからでいい。

「お前にしかできないことだ。頼む、青葉」

これ以上、多くを語る必要はないだろう。

動かなければ、最悪被弾は覚悟するしかない。

ああそうだ。最後に、思い出したことがある。

「青葉、約束は守ってやる」

『……分かりました、1発だけです。私は、あなたを信じています』

「ドローン落とされた！　場所はさっきから動いてない！」

「分かった、指揮車を運転して、敵スナイパーと青葉を直線で結んだ位置に停車させろ」

バンは走り出した。

オレは後部座席で、仰向《あおむ》けに寝転がるいわゆるクリードマンスタイルでPGM．338を構える。

チャンスは1発だけ。

スナイパーの移動には時間がかかる。故に熟練のスナイパーは狙撃の際、確実に逃げ道を用意している。ビルの上ならば、ワイヤー1本で降りるラペリングを用意していることだろう。

外してしまえば、奴は姿を眩《くら》ませる。

外せば、だがな。

「青葉、カウント3で撃て。3……2……1……撃て！」

後方で銃声。敵スナイパーの注意は青葉に集中し、車が止まったことに気づくのが遅れる。

スコープに姿を捉えた瞬間、遅れて敵もこちらの存在に気づく。

「やはりかなりの手練だな。だが、一手遅い」

スコープの十字の揺れは急停止する車内でもとても緩やかなものだった。心臓が動いている以上この揺れには逆らえはしないが、むしろその揺れが、赤子をあやす玩具《がんぐ》のように、冷静さを思い出させてくれる。

指を絞り、肩に衝撃が走る。跳ね上がる視界ではオレから確認できないが、弾道を頭の中で鮮明にシミュレーションできた。

弾丸は磁力でも持っているかのように、敵のスコープに吸い込まれ……。

スコープごと頭部を貫いて、絶命させた。

「……ふぅ」

息を吐く。

オレはそのままPGM.338を車内に置き【ライブラ】と【M9コンバットナイフ】を装備して、車を出た。

「ふうか、死体の回収と医療班の手配諸々は全《すべ》て任せる。いいな?」

「ああ、頼まれた。奴らを救ってくれ」

その強い瞳《ひとみ》を正面から受け、背を向ける。

背中で返事をして、工場へと入った。

1

地下に入ってすぐ、左右への分かれ道があった。

痕跡《こんせき》も分かれており、右に向かう慎重で軽い足取りの痕跡と、左に向かう大胆で大きな足跡。

右が幽々子《ゆゆこ》で左が衣吹《いぶき》だな。

「救援に来ないわけだ。一度衣吹を連れてハンティングにでも行ったほうがいいか」

現場の状況を確認し、敵の痕跡を見つけることは何よりも重要だ。

無論その技術があれば仲間の痕跡も同時に拾えるわけだからな。

「まずは幽々子の方からだな」

衣吹の方は状況が分からない。生きているか、死んでいるかも。

最悪、衣吹を助けに行く間に幽々子が死に、衣吹も死んでいたらどうしようもなくなる。

クラスの中で一番戦闘に長《た》けているのは衣吹だ。そう簡単に死なないと思うしかない。

クリアリングをしながら急いで奥へ奥へと進んでいく。幽々子のわずかな痕跡や、わざと残したであろう形跡を追いながら進んでいると、トイレで死体を発見した。

「ワイヤーによる絞殺……幽々子だな」

幽々子は仕事柄、消音性に優れた武器を好む。背後から気づかせることなく接近する手腕は見事というほかあるまい。

廊下をさらに進むと、２つ死体が放置され、奥の広間では金属を叩《たた》くような音が聞こえる。

ライブラとコンバットナイフを抜き、構えながら進む。

部屋に到着したところで廊下の壁に背を預けて、幽々子がいるであろう部屋の前で扉を開けようとするテロリストを観察する。

「さっさとグレネードで吹き飛ばしゃあいいじゃないすか」

「だから言ってんだろ！　この中には武器商人がウチから盗んだもんがあるんだ」

「どれだけ大事なもんかは知らねぇけどよ、なんでそんなもん盗まれてんだよ！」

「無駄口叩いてる暇があったらとっとと開けろ！」

どうやら揉《も》めているようだ。

中からバリケードをされ、開けられず爆破《ばくは》もできないらしい。いいところに隠れたようだ。

入り口付近に転がっていた死体からスモークグレネードを拝借し、今まさにヘルメットを脱いだテロリストの頭に投擲《とうてき》した。

「ワンダウン」

すぐに戦闘態勢を整えるも、展開されたスモークが視界を奪い、同士討ちを避けるために撃つなという指令が飛ぶ。

オレはスモークの中へ突っ込み、1人を捕捉するとナイフで首を掻《か》き切った。

首を押さえる男を蹴《け》って別のテロリストにぶつけ、衝撃で転倒した音を頼りに撃ち込む。

スモークグレネードを頭に食らったテロリストが頭を押さえて起き上がるが、頭に1発撃ち込んで沈め、死体の下敷きになっているテロリストも始末する。

あと1人。

思考すると同時に、スモークの向こう側からナイフで向かってくる者がいた。

テロリストはナイフを振るう動きを見せながら手に持っていたライブラを蹴り上げた。

「ずいぶん簡単に部隊を全滅させてくれるじゃないか」

「……その声、どこかで」

聞き覚えのある声を思い出そうと思考した瞬間、ナイフが横薙ぎに振るわれた。

余裕を持って回避し、追撃をカウンターで返すも受け止められ、膠着《こうちゃく》状態になる。

煙が晴れ、4つの死体が転がる死屍累々《ししるいるい》が鮮明に浮かんだ。

だが、そんなものには目もくれず、鍔迫《つばぜ》り合いになった2人だけが互いを睨《にら》んでいた。

「……ッ！　お前は！」

テロリストが驚く。無理もない。互いに見知った顔だ。

「ああ、久しぶりだな。ケネス・D・トーマス大佐。こんなところで何をしているのか、という質問をしてもいいのか？」

目の前の男は、マスターとオレが日本に左遷される原因になった戦線の戦友だ。戦友と言っても、なんの思い入れもない人物だが。

「なぜお前がここにいるッ⁉　羽黒潤《はぐろじゅん》ッ！」

「仕事だ」

ローキックで重心を崩し、そのまま合気の要領で投げる。

「ぐっ……！」

苦悶《くもん》を漏《も》らしたトーマスにナイフを突き立てるが、転がって距離を取られる。

「距離を取ったのなら、銃を撃てばいいだろう」

トーマスの腰には、まだハンドガンのトカレフがぶら下がっている。

「その戦い方、イエローアイリス出身か？　羽黒潤」

「関係ないだろ、お前はここで死ぬんだ。トーマス大佐」

「ファック！　脱柵《だっさく》した奴といえば1人だけ。まさかこんなところで【ヴァン】に会うとは」

どうやら否定は意味がなかったようだ。

溜息《ためいき》を吐く間もなく、トーマスは話を続ける。

「俺《おれ》もイエローアイリスの養成所にいた頃にヴァンの噂《うわさ》くらいは耳にしている。20番目の実験体。ナンバーズ唯一の生き残りで、脱柵者」

奴がイエローアイリスで教育を施された者であれば、この距離で銃を抜かないのも納得だ。

近接戦において、銃は効果を発揮しないという刃物至上主義が根付いているからだ。そして
それがただの驕《おご》りや強がりではないのだから夕チが悪い。

「そのヴァンと戦えるとは光栄だな」

トーマスは自嘲《じちょう》気味に笑う。

半分自棄《やけ》なんだろう。実力の差が明白なのだから。

「悪いが時間がない。光栄の余韻に浸る暇は無いと思え」

地を蹴り、肉薄する。

右手に持ったナイフで右フックでもするかのような大振り。

当然トーマスは対処し、オレの懐《ふところ》に一歩踏み込んで内側から腕を止める。

懐に入り込んだことを勝機と捉《とら》えたのか、右手に持つナイフで首を狙ってくる。

だが、オレのその大振りはただの陽動だ。

トーマスによって止められた右手からはナイフが消え、慣性の法則に従い左手に収まる。

「ッ！　クソが……」

気づいた時にはもう遅い。

オレはトーマスの肩にナイフを突き立て、鎖骨ごとを断ち切った。

しかし、一瞬攻撃の手が疎《おろそ》かになったトーマスだが、攻撃の手を止めることは無かった。

そうだろうな。と考えていたオレの狙いは一つ。

「ホルスターに収めておくくらいなら遠くへ投げ捨てるべきだったな」

トーマスがホルスターに収めたままのトカレフ。

抜き取り、脇腹《わきばら》に2発。よろめいた瞬間にグッと体を突き放すように押し、ボディに3発。

更によろめいたところで、頭に銃口を向け、1発。

「銃は恐ろしくなるほどに手頃に人を殺せる道具だ。戦闘の選択肢になかった時点で、お前は既に負けていた」

周囲の死体に目を滑らせ、生きている者がいないことを確認する。

死んだふりをできる状況ではないことは分かっているが、確認を怠れば死ぬこともある。

大丈夫だと確信し、トカレフを放り投げてライブラを拾ってから幽々子が隠れているであろう扉の前に立つ。

「……さて、どう開けるか」

これだけ人数がいて開かなかったということは、力だけで開くとは思えない。

しかしできることもないし、とりあえず体当たりをしてみるかと助走をとったところで、扉の奥から鉄と鉄が擦《こす》れるような音が響いた。

「……どうも、先、輩」

どうやら内側に閂《かんぬき》のような物があったらしく、これが理由でトーマスたちは部屋に入れなかったらしい。しかし、なぜ内側に？　設計ミスじゃないのか。

「生きてたか。止血はしているようだが顔色が良くないな」

「来て、くれない……かと、思ってました」

「喋《しゃべ》らなくていい。お前はもう大丈夫だ」

背負おうとすると、幽々子が苦悶の声を上げた。

「制服越しに撃たれまして、多分肋骨《ろっこつ》にヒビが……」

「分かった」

とりあえず抱き上げるか。

「うぇ!?　ッいたたた……」

「急に声を上げるな。肋骨に響くぞ」

「いやぁ、初めてだったもので……お姫様抱っこ……」

この反応は、いつものお遊びだろう。

耳まで赤くして顔を覆っているが、演技みたいなものだな。

いつも通りで安心した。

「そ、そう言えば、アオちゃん先輩とブキ先輩は……」

「青葉は無事、無傷だ。衣吹は通信途絶のまま、状況が不明だ。これから助けに行く」

「それじゃ、地下の出入り口までで いいッス。あとはなんとか這《は》い上がります」

「……そうさせてもらおうか」

『私が槐さんを迎えに行きます』

青葉から通信が入る。どうやらオレのイヤホンについているマイクスイッチが入ったままだったらしい。

「大丈夫か?」

『……はい。それくらいは、させてください』

心配しすぎるのも青葉に悪いだろう。ここは素直に任せておいた方が無難か。

「分かった。頼む」

『はい』

通信が終わり、少し歩調を早めて出入り口へ向かう。

「随分、アオちゃん先輩を気にかけるんスね」

「黙っていろ。無駄に体力を消耗するんじゃない」

「そうは言っても、自分、先輩にあんま心配されてないっぽいですし〜」

拗《す》ねたように嘯《うそぶ》く幽々子にはいつもの余裕は感じられなかった。本心を吐露しているのか、負傷のせいでいつもの余裕がないのかは定かではない。

しかし、そう言われてみるとクラスの中で一番総合的な力を認めているのは事実であり、心配の度合いは他の2人と比べて少なかったとは思うが、心配していなかったわけではない。

「うまく言葉が見つからないが、正直ホッとした」

「……そッスか。なら、よかった……ッス」

そう言って幽々子の体から力が抜けた。

呼吸はしているようで、眠っているだけのようだった。

「そういえば、幽々子がオレの腕の中で眠る時……なんて約束をしたな」

オレは隠し事をするし、思わせぶりな言い方もするが、嘘《うそ》は言わず、約束は守るように心がけている。

「約束の履行は落ち着いてからだな」

腕の中で眠る幽々子にそう溢《こぼ》した。

2

待機していた青葉に幽々子を預け、オレは衣吹が向かったと思われる方向へと走っていた。

オレの足音だけが響く地下通路で、神経が研ぎ澄まされていく。

「まだ何かいるな」

その気配は猛獣のような猛々《たけだけ》しさと、毒を持つ花の艶《つや》やかさを孕《はら》んでいた。

「無事だといいが……」

地下通路の突き当たり。角を曲がったところでふと視界に入る。

通路の奥。明かりのない部屋の暗がりの中に、座り込むような人影。

目を凝らすまでもなく確信に至った。

「衣吹！」

しかし同時に、違和感を覚えてしまった。

この通路は一本道で、脇《わき》に部屋は一切《いっさい》無い。幅は3メートル、距離は25メートル。

……誘われている。そう直感できるほど露骨な罠《わな》。

背筋がゾワゾワと総毛立ち、踏み込めば無事では済まないと理解できる。

「衣吹をこうやって晒《さら》している以上、オレは突撃せざるを得ないと踏んでいるわけか」

こういう罠を好む人間に心当たりがある。

人質を晒し、姑息《こそく》な罠を張るような人間となると、イエローアイリスといえど人物は限られてくる。

「お前か！　ダチュラ！」

返事はない。あくまでここでダメージを与えるつもりだろう。

しかし、相手がダチュラであるなら、衣吹の生存に希望が持てる。生きたまま少年少女の生皮を剝《は》がすのが趣味のサイコ。衣吹の性格も合わせて、奴の大好物ど真ん中だ。

弾の残りはマガジンの10発＋1発の計11発。

「行くしかないか」

直線の通路に躍り出て、ライブラを構えながら全力ダッシュ。

1歩、2歩と進んでも出てこない。2発威嚇射撃に使い、更に走る。

通路の中盤に差し掛かったところで、ゆらりと現れる影。

反射的にライブラの引き金を引こうとしたと同時、圧倒的な火力が放たれた。

連続で火薬が炸裂《さくれつ》する音が鳴る。【ＡＫ７４】カラシニコフと呼ばれる自動小銃。毎分６０

0発の暴威にドラムマガジンをつけ、装弾数を跳ね上げている代物だ。

圧倒的な火力が放たれる前に地を蹴り壁を蹴り、真《ま》っ直《す》ぐに進まないよう上下左右の動きをつけて照準を逃れる。照準など必要のない距離に達すると、細かい傷が増えていく。

「相変わらず、姉と違って銃の腕はお粗末だな」

致命傷を受ける前に、手を伸ばせば届く距離に辿《たど》り着いてＡＫ７４を摑《つか》んで通路へ引いた。

すると、引き金を引き続けていたそれも一緒に通路へと倒れ込んできた。

それは三脚を取り付け、自動で引き金を引く機構が組み立てられただけのハリボテだった。

敵の狙いに気がついた時には、時すでに遅し。

殺気を感じて通路へ飛び退《の》いたものの、ボディに2発の弾丸を食らった。

致命傷は避けているが、制服の防弾性能も抜かれて血が滲《にじ》んできた。

「銃声がしてまさかと思ったけど、本当に乗り込んでくる奴がいたなんてね」

随分と懐かしい顔だ。

丸いメガネも、おろした髪も、宿した妖《あや》しい薄ら笑いも、全てが思い浮かべられる。

「久しぶりじゃない。驚いた時のその癖《くせ》、まだ直ってないのね。ヴァン」

「あんたは罠の掛け方がいやらしくなったな、ダチュラ」

「そうね、でもあなたはそんな罠では死んでくれないでしょう？　この裏切り者」

通路から顔を出そうとすると、発砲され、壁が抉《えぐ》れる。

見なくとも分かる、長い髪をかき上げるような仕草。今や全てが懐かしい。

「トカレフとは珍しい銃を使っているじゃないか。好みに合わないんじゃないのか？」

「あの一瞬で見えたの？　さすがね。姉と同じで目は良いみたい。これを使ってるのは仕方がなかったからよ。あの武器商人が日本に逃げ込んだから、無手で追わざるを得なかったのよ」

致命傷は外れているが、このままでは失血で動けなくなる。弾が抜けていたのは幸いだが。

早いとこ決着をつけなければヤバい。

「大丈夫？　随分と苦しそうな声よ？」

「ああ、満身創痍《そうい》だ。生皮を剝ぎに来ないのか」

「悪いけど、近接戦ではあなたに敵《かな》わないもの。怖いから近づけないわ」

飛び出せば撃たれるが、飛び出さなければオレが失血死するまで奴はこのまま待ち続けるだろう。それ以前に、ダチュラが角度を変えれば撃たれる可能性は高い。

トカレフの弾数は8発と多くない銃だが、威力と貫通力が普通の拳銃と比べて桁違《けたちが》いだ。

今4発撃って残弾が4発。リロードの音はしなかった。

イエローアイリスには、チャンバーに1発込めるフルロードをさせる教えはない。弾数が1発少なくなるのは近接戦では致命的だ。

オレ自身も銃の扱いは一応ダチュラ本人から教わったことだ。

問題はあと4発をどうやって撃たせるか。

「あなたってそんなに我慢強い方だったかしら？　小さな頃は我慢できないことがあればくってかかってきてたじゃない。それとも、思ったよりダメージを負ってるのかしら？」

オレは上着を脱ぎ、部屋に放る。

狙い通り、上着は撃たれた。残り3発。

シャツをまくり、止血を施しながら通路に落ちていたカラシニコフを放る。

カラシニコフに弾が命中し、派手な音を立てて壊れる。残り2発。

「……弾数を数えているのね。リロードすれば良いだけじゃない」

「良いのか？　オレが今にも出ていくかもしれない状態で、悠長にリロードしている暇があると思っているのか？　断言するが、お前には無理だ」

止血を終え、強壮剤を飲み込んで立ち上がる。

「あなたがここに辿り着くまでにリロードを終える方が早いに決まってるじゃない」

「そうか、ならやってみるといい」

オレはダチュラの行動を読みとる。

奴は少しの間思考し、腰のマガジンポーチにゆっくり手を伸ばす。

そして、ダチュラがマガジンを掴んだ瞬間通路から躍り出た。

「チッ、読まれたわ」

どうやら読みは寸分の狂いなく当たっていたらしい。長年の付き合いというやつだ。

オレとダチュラは同時に銃の引き金を引く。この距離になると照準などしている余裕はなく、初弾は互いに外れる。

そして少しでも弾を当てられないように、円を描くように走りながら銃撃を開始する。

程なくしてダチュラのトカレフは弾切れになる。

「チッ」

石柱に隠れてリロードをしているようだが、その隙《すき》を逃すはずもない。

リロードタイムは1秒かそれ以下。だが全弾撃ち切っているため、スライドが開いている。

故にマガジンを入れたあと、スライドを戻すためにスライドストッパーという部分を下げなければならないという手間が1つ多くなる。

「終わりだ」

ダチュラの姿を捉えた瞬間、胴体に向けて撃つ。

「甘いわ！」

引き金を引くと同時、ダチュラは体幹を崩して後ろ回し蹴りを繰り出してくる。

蹴りはご丁寧に腹部の傷口を抉り込むように刺さり、ライブラの弾はダチュラのボディアーマーにヒット。

「くっ……」

「かはっ……」

互いに苦悶の表情を浮かべる。

アーマー越しとはいえ、45口径の弾は堪《こた》えるだろう。こちらもダメージがない訳ではないが、体はまだ動く。

脇腹の負傷を押さえながら立ち上がり、トカレフと腰のマチェットを遠くへ蹴る。

腹を踏み、銃口を向ける。

「何か言い残すことはあるか?」

「……あら、遺言を聞いてくれるなんて、案外優しく育ったのね」

「お前は勝ち目がないのに泥臭く足掻《あが》くような女じゃないだろ」

「そうね。それじゃあ——」

この瞬間、奇妙な感覚を味わった。

思考が加速し、全ての時間がゆっくりになるあの感覚。

俗に言う、走馬灯というやつだ。

「——私と一緒に死にましょう」

首筋に黄色い液体の注射器を刺して嗤《わら》った。

3

ダチュラは跳ね上がるように上体を起こし、腹部の傷口を抉るように殴ってくる。

凄《すさ》まじいのはその反応速度と威力。オレが引き金を引く指に力を込めるのを見てから動き、弾道から頭を外した上でカウンターまで打ってくる。鉄塊で殴られたかのような衝撃が傷口を抉ってきた。

「あなたは昔から甘いのよ」

からん、と音を立て、注射器が床を転がる。例のドラッグが入った注射器だ。

「ブースタードラッグ【ペルデュ・ラ・テットゥ】使用後は発狂するけど、効果が持続している限り、五感、筋力、反射神経その他諸々が跳ね上がる。ダウンドラッグは存在しないけど、タダで死ぬくらいなら戦って死ぬわ」

負傷を押さえながら発砲するも、すぐに石柱の陰に隠れられる。

「ゲホッ、ゲホッ……既存のものでは無さそうだな」

「イエローアイリスの試作品よ。あの武器商人を追ってた理由もこれが盗まれたからなの」

これはまずい。

ダチュラは昔から近接戦が苦手だったが、ドーピングによってオレと同等かそれ以上の筋力を得てしまっている。それに加え、この負傷だ。止血はしたものの、その上から殴られれば意味を成さなくなる。

本格的に失血で動けなくなる前に、仕留めなければならない。

「そのブースタードラッグは何分持つ？　即効性があり、その効力。長くは持つまい」

「薬学のお勉強は苦手じゃなかった？　でも、そうね、私なら持って10分かしら」

長いな。とてもドラッグの効果切れまで粘れるとは思えない。

やはりこちらから仕掛ける短期決戦でなければ、生き残る道はないか。

リロードを終え、回り込んで射角を取る。ゆっくりと、油断ないよう慎重に。


――刹那《せつな》、ダチュラが飛び出した。


四足獣のように低い体勢で迫ってくる。

2発撃つも、発射タイミングが見切られているようで、最小限の動きで躱《かわ》してくる。

「チッ」

オレはライブラを真上に投げた。

握り込まれた右ストレートをガードし、顔面にカウンターを叩き込む。

さらにボディに蹴りを入れ、落ちてきたライブラのストライクフェイスで殴り、発砲。

「ハァッ！」

蹲《うずくま》るかと思いきや、再び姿勢を低くして一気に距離を詰めてくる。

らしくない右腕を振りかぶるほどの大振りの攻撃モーション……フェイントか！

右腕を引いた瞬間に左手の親指で傷口を抉ってくる。

「クッソが！」

強制的に傷口に意識を向けさせられ、大振りの攻撃への対処が遅れた。

それでもなんとかガードし、距離を取る。ガードしたと言っても腕が痺《しび》れている。

全ての攻撃を受けていたらそのうち腕が折れるであろう威力。

アーマー越しではあるが、45口径の弾をくらってもピンピンしている。それどころかカウンターまで入れてくる耐久力。もはや人間だと思わない方がいいのかもしれない。

「キャハハハッ！　動けなくなっててもおかしくないのに、全く痛くないわ！」

「まるで効いてないか。痛みで動けなくすることはできなさそうだ」

なら、手を変えるだけだ。

さっきの攻防で分かったが、ダチュラはまだドーピングの感覚に慣れていない。意識だけが先行し、見えているはずの攻撃でも防御や回避が遅れることがある。その隙を狙うしかない。

しかし、恐らくそんな攻撃が通じるのも、1回か2回。それで人体の構造上動けないようにしなければ、かなり厳しくなってくる。

「やるしかないな」

言い聞かせるようにそう呟《つぶや》き、地を蹴った。

純粋な力と速さではもう勝てない。勝てるとすれば、近接戦闘の技術と経験。

オレにあるアドバンテージはライブラとナイフ。

頭に弾を当てるだけで終わるが、頭に銃口を向けてもすぐに察知して射線から外れる。

「なら、端から少しずつだ」

繰り出される突き蹴りを躱して太ももをホールドし、軸足を刈り取る。

ダチュラは背後にバランスを崩したが、オレの服を掴み、まるで不必要な物をそうするように、無造作に背後に投げた。

「化け物め」

「あなたも似たようなものじゃない」

なんとか受け身を取り、すぐに立ち上がろうとするも、ダチュラはオレの腹に飛び乗った。

「あら、懐かしい体勢ね」

「嫌なことを思い出させるな。そのせいで組み伏せられて食われるのは嫌いになったんだ」

オレは即座にダチュラの頭を狙って発砲するが、やはり避けられた。しかも段々ドーピングの感覚に慣れてきたのか、この至近距離でもかすり傷すら与えられない。

ライブラを腕ごと摑まれ、そのまま床に固定される。

左手は拘束されていないが、ナイフは足で押さえられて抜けそうにない。

「今のあなた、なんだか可愛《かわい》いわ。小さな小さなあの時に戻ったみたい」

「そんなに好感度を稼いでいたのか。ならこの拘束を解いてくれたら助かるんだが」

「ダメよ。すぐに終わると思っていたけど、なんだかんだもう時間がなさそうなのよ。あなたはよくやったわ。だから……」

ダチュラは右手をグッパグッパと感覚を確かめるように動かし、改めて拳《こぶし》を作る。

「終わりにしましょう。可愛い可愛いヴァン」

拳が振り下ろされる。

ゴッ、と鈍い音が頭に響き、脳が揺れ、顔のどこかが裂けたような感覚がした。

再び振り上げられた拳は、満身の力を込めて振り下ろされる。……恐らく鼻が折れた。

嬲《なぶ》るように、舐《ねぶ》るように、じっくり、殺さずに、拳を振るう。

ダチュラは生粋のサディストだ。自信が無く、決して表に出そうとはしなかったが、どうしようもないほどの嗜虐《しぎゃく》趣味だ。

唇を舐《な》め、テラテラと輝くその月を三日月に変え、恍惚《こうこつ》に満ちた表情で血の付いた手を自らの顔の輪郭に添える。

真っ赤《か》な髪に負けない鮮血を顔に塗りたくり、ゾクゾクと腰を震わせ始めた。

「あはッ、あははは！　イイッ、気持ちイイッ！　今すぐ絶頂してしまいそうなほどに！」

狂乱。決して表に出さなかった性癖から得る快楽と、強力なブースタードラッグの効果で既に自我が崩壊を始めていた。

右手の拘束が解かれる。

そしてゆっくりと、両手の指を絡《から》ませて一つの拳を作り出した。

「じゃあね」

残像が見えるほどの速度で拳が振り下ろされ、額を狙い打った。

頭蓋骨《ずがいこつ》が砕け、拳がめり込み、脳まで達して即死。


……していたことだろう。ガードしていなければ。


意識が飛びそうな中、オレは左手でガードし、衝撃を和らげていた。

もう理性などないのだろう。拘束を解いてしまうほどに。

「理性は大事。そう教えたのはお前だぞ、ダチュラ」

なぜダメージを負うと分かっているにも関《かか》わらず、両手でガードしなかったか。

簡単なこと。このピンチこそが反撃のチャンスであるからだ。

拘束が解かれた右手のライブラで、ダチュラの振り下ろされた両腕を撃ち抜く。咄嗟《とっさ》に引こうとした腕を摑まえ、マガジンが空になるまで、何度も、何度も、何度も引き金を引く。

「あぁぁッ！」

「例え痛みを誤魔化《ごまか》しても、骨も神経も筋肉もズタズタだ」

さて、予備マガジンも無くなった。

武器はナイフと己《おのれ》の肉体のみ。充分だ。

ナイフを抜き、構え、足を前に踏み出そうとした瞬間、それは来た。

一気に脳への血の供給が減った。

原因は体が訴える危険信号、失血。

気づけば、着ていた服は負傷部から下に血が落ちて赤黒いシミを作り、服が吸収し切れなかった血液が行き場を失い、ポタポタと床を濡《ぬ》らし始めていた。

「……まずい、な」

視界がぼやける。

脳が思考を止めようとする。

体が言うことを聞かない。

うまく体に力が入らない中、ぼやけた視界で赤髪が不気味に揺らめく。

「ガァアアアアッッッ！」

もはや人であったことを忘れたかのような獣の突進。

使い物にならない腕を下げ、噛み殺すという意思を宿した突進を回避するのは不可能だった。

「うっ……ガハッ」

壁まで押し込まれ、背中が激突した衝撃で血を吐き出す。

赤髪をオレの血でさらに赤く濡らし、ダチュラもまた血を吐き出す。

無意識の内に構えていたナイフで腹部を刺していたらしい。だが、もう力は入らない。

本格的に視界が暗くなっていく中、最後に見えたのは衣吹の姿だった。

「……まだ、だ」

ダチュラの服の襟《えり》を摑む。

「まだ、死ぬわけにはいかない」

力はもはや残っていない。だが、必要ない。

オレは襟を摑んだ右手を腕ごと固定し、直下に落ちるように床に倒れ込んだ。

「ウギッ」

抵抗しようとしたダチュラは腰を曲げたせいで壁に頭を激突させた。

そのまま崩れたダチュラは、オレの胸に顔を埋めるようにして生命活動を停止した。

「はぁ、はぁ……ダチュラ、あんたは充分やった。もう休め」

かつての仲間、あるいは家族。

そんな彼女を労《ねぎら》うように抱き締めて、黄泉《よみ》への旅路を見送ると同時、オレの視界も暗転した。

4

オレが目覚めたのは、救護ヘリの中だった。

どうやらあの失血でもなんとか一命を取り留めたらしい。我ながら頑丈だ。

「目ぇ、覚めたか？」

視線を横にずらすと、衣吹がこちらを覗《のぞ》き込んでいた。

「……全員の状況を報告せよ」

「いの一番にそれかよ」

「………」

「分かった。わーったよ。桜ヶ平《さくらがひら》と千宮《せんのみや》に怪我《けが》はなし。ゆんは別のヘリで既に病院に搬送完了してる。あーしは色々骨折……と、指だな」

衣吹の左手の人差し指がなくなっていた。

「大丈夫か？」

「指は回収されてるし、手術で多分くっつくと言われてる。これでもあんたよりマシだ。潤サンが一番重症だよ」

ヘリに備え付けられている輸血パックから血が補給されているのを感じる。それに、多分何箇所か骨が折れている。うむ、紛うことなき重症だな。

「そうか、ご苦労だった」

この場には衣吹しかいないが、労いの言葉をかけた。

「仕事だからな。あんたこそ、安静にしてろよ」

「昔から傷の治りは早い方だ。数日安静にしていれば、1週間後には動けるようになる」

「化け物め」

「それが取り柄なんだ」

そんな軽口はともかく、結局怪我の原因はオレの甘さだ。

ダチュラと過ごした時間が長かった分、情が出た。

マスターならば、それが旧友であっても迷わず、冷徹に、引き金を引いていたことだろう。

「オレもまだまだだな」

「あんたがまだまだなら、あーしはどうなんだよ」

「雛鳥《ひなどり》ってところだ。精進しろ」

それにしても、ブースタードラッグの効果は凄まじいものだった。

イエローアイリス内での近接戦評価がそれほど高くないダチュラでも、オレを瀕死《ひんし》に追い込み、少し違っていれば殺すことに成功していただろう。

その副作用について多くは語らなかったが、最悪死に至るものだろうと思う。

「そこまでの恨みを買った覚えはないんだがな」

「あ？　なんだ急に」

「こっちの話だ」

「ほーん。……なあ、ついでだから聞いてもいいか？」

衣吹は窓の外の景色を眺めながら呟くように言った。

「告白なら怪我が治ってからにしてくれ」

「………………」

ふむ、茶化すような雰囲気ではないらしい。

「なんだ？」

「アイツ、あの赤髪の女、あんたのこと知ってた。何者なんだ？　アイツも、あんたも」

途中から意識が戻っていたのか。

恐らく衣吹が聞きたいのはオレの正体とかそう言うものでは無く、もっと衣吹自身に関わることなんだろうとは思うが、ここで誤魔化しや嘘を言っても仕方がないのは分かる。

「……元仲間、家族、あるいはもっと近しい間柄の女だ」

「大切な女だったってことでいいか？」

「そうだな。ダチュラと過ごした時間は新鮮で、楽しかった。弱っちいオレを育ててくれた姉の1人で、間違いなく大切な人だった」

「そんな奴を、何で殺せたんだ？」

妙なことを聞いてくる衣吹。窓の外を見つめているせいでその表情は見えないが、ただの好奇心や間を埋めるために質問している訳ではないだろう。

「それしかなかった。……というのは思考停止か。そうだな、強いていうなら何を信じたかじゃないか？　価値観の違いから生まれる、少し過激な姉弟喧嘩《げんか》だ」

そうだ。自分で言葉にして、はっきり分かった。

自分が信じたものを否定されれば誰《だれ》だって怒るし、国家であれば戦争すら起こりうる。

要はジャックを信じたダチュラと、マスターを信じたオレの、避けることのできない代理戦争だったのだ。互いに命をかけて何かを守ろうとした。自分にとって大切な何かを。

「……そっか、そうだよな」

「戦いの理由なんざ、他人からは理解されないもんだ。他人から見た戦争がそうだろう」

「うん、それは、分かってる」

それ以降、衣吹は質問をすることなく、窓の外を見続けた。

会話はなくても、そこが居心地のいい場所だと、なんとなく感じた。

オレが守りたかったのは、今の居心地のいい生活だったのだろう。

Dévoiler le pot aux roses. ――真実を解き明かす――

久々に死を覚悟した夜から一夜明け、あてがわれた個室の病室。

白い病室で、オレは窓に体重を預けて目を瞑《つむ》っているマスターと対面していた。

「さて、命令無視の件、聞かせてもらおうか」

スッと目を開け、そう告げる。

オレは現場へ出るなという命令を無視し、出撃した。

これは完全なる命令違反で、処分されてもおかしくない罪だ。

「自分で必要だと信じて取った行動だ。後悔はないが、責任は取る」

「何が貴様をそこまで駆り立てた？　情か？　気まぐれか？　恋でもしたか？　貴様はそんな人間ではないだろう。感情に疎《うと》く、命令を淡々とこなす犬だ」

ひどい言われようだな。だが、マスターが強い口調を使うときは、怒っている時ではなく、むしろ優しさの発露ですらあることをオレは知っている。

彼女にとって必要な、最後の確認なのだろう。暗示が残っているかどうかの。

「下手な芝居はやめにしよう。イエローアイリスが相手だった。そして、奴《やつ》らに煮え湯を飲まされたマスターがそんな情報を摑《つか》んでいないはずがない。無理やり暗示から解放するためにあえて現場に出るなという命令をしたんだろ？　マスター、あんたは優しい女だな」

「……全く可愛《かわい》げのない奴だ。だが、一つ訂正しておこう。私は優しい女などではない。使えん奴にかけてやる手間などないと、肝《きも》に銘じておけ」

「ああ、マスターのやり方は分かってるつもりだ」

「ならいい」

短く告げると、マスターは病室の外へと向かっていった。

「どこに行くんだ？」

「仕事だ。イエローアイリスと交戦したこと、そしてあのブースタードラッグ。色々と厄介な案件を上に報告しなければならないんだよ」

「あと少しだけいいか。話したいことがある」

「……5分だ。手短に話せ」

マスターは近場にあった椅子《いす》を摑み、腰掛けた。

「クラスの人間を育てるのに、オレはマスターのやり方を倣《なら》うつもりだ」

「私のやり方？」

「ああ。そしてやり方を倣う上で、少し考えていたことがある」

「聞かせてみろ」

「あの作戦時、暴力団の武器取引の現場で、あんたはクラスの連中にオレの命令に背《そむ》けと指示を出していたんじゃないかってな」

幽々子《ゆゆこ》と衣吹《いぶき》は直接的な方法で命令を無視していた。青葉《あおば》は逃げた暴力団員を射程外だといい、撃たなかった。軍人ではないが、それに準ずる組織の人間の命令違反の方法ではないと思い、しばらく考えていた。

「理由としては、あの時点で命令違反をさせておくことで、次の作戦で命令違反に対するオレの葛藤《かっとう》を強固なものにした、とかそんなところか。チームの人間との交流を持たせるという副次効果も得られたことだし、マスターからすれば万々歳だったろうな」

手のひらの上で転がされていたというのに、全《すべ》てを理解した後は清々《すがすが》しく気持ちいい。

こんな感覚なら、狐《きつね》につままれるのも悪くないと思ってしまう。

「命令違反を理由にオレをボディガードから解任したのも、暗示を解かせる工程の一環と考えるならば、あのタイミングで詩織《しおり》がオレの部屋に来たのもマスターの差し金ということになるな。全部手のひらの上ってわけだ」

肩を竦《すく》めてマスターを見ると、小さく息を吐くように笑った。

「いつの間にか、手のかからない子供になったな。どうやら答え合わせは必要ないらしい」

マスターは立ち上がり、ポケットに手を突っ込む。

「そこまで手を煩《わずら》わせていたつもりは無いのだが」

「頃ったさ。貴様は自分で考えることを放棄し、ただ命令を待つだけの犬だった。これは大きな成長だよ。これからも精進したまえ」

マスターは扉に手をかけピタリと止まる。

「そこまで分かっているなら。全部分かっているな？　私のその先の目的まで」

背中越しに投げかけられた言葉には、強い意志がこもっていた。マスターが見据える最終目標、それはオレの人生の始まりと同じだ。

「ああ。当然だ。オレもマスターも、借りっぱなしは主義じゃない」

「『イエローアイリスを潰《つぶ》す』」

答えに満足したのか、マスターはそのまま外へ出た。

「それだけが、今の私の夢だ。それ以外に、私が他の夢を持つことはない」

イエローアイリスを潰すことが、オレにとってのスタート、マスターにとってのゴールとなるなら、全うしなければならない。それが血に刻まれた運命だ。

そしてその後、願わくば1人の人間として、人生を謳歌《おうか》したいものだ。

1

マスターが帰ってしばらくぼーっと過ごした後、オレはとある病室に足を運んだ。

言うまでもなく、衣吹と幽々子が入院している病室だ。

「さて、どうしたものか」

オレは少々間が悪く、何かとデリカシーが無いと言われがちだが、そんなことはない。こうやって考えて立ち止まることもあるのだ。

つまり最低限のデリカシーはあるという証明ではなかろうか。

「……フィクサー？　入らないんですか？」

心の中で自己肯定をしていると、声をかけられた。

見舞いに来たらしい青葉が4本のペットボトルを抱えて立っていた。

視線に気づいたのか、青葉は抱えている物に視線を落として困ったような顔を浮かべた。

「フィクサーの分はありませんが」

「問題ない」

扉を開けると、ふうかが衣吹の体を拭《ふ》いていた。

当然、衣吹は裸だった。そしてなぜか幽々子も裸だった。

場は固まったが、特に何も言われなかったので入室する。

「……うむ、元気そうで何よりだ」

出ていけとは言われなかったから、入ってもいいということだろう。

「そう言うところですよ。デリカシーが無いと言われるのは」

「なんだと？　部屋に入る前にこういう場面に出くわすことを想定していたというのにか」

「新志《しんし》さんが裸なのを確認してから入りましたよね？　許可が出てないのですから、デリカシーというより、もう犯罪です」

オレは衣吹に視線を移した。許可を取るために。

「あーしは別に構わねぇよ。見られたところで死ぬわけじゃあるまいし」

「自分もいいッスよ？　せ、先輩にならら見られてもぉ……」

衣吹は他人の目など気にしていないようで、素っ裸でも許可してくる。

幽々子はわざとらしすぎて、裏があるようにしか聞こえないな。

「構え、あほども」

「構ってください」

ふうかがベッド周りのカーテンを閉め、青葉がペットボトルを腕に抱えたままオレを押して退室を促してくる。全員わざとらしい幽々子のことはスルーの方向らしい。

「許可は出たんだが？」

「黙ってください。変態覗《のぞ》き魔フィクサー」

解せない呼び方をされてしまった。これ以上いても妙な呼び方が増えるだけだな。とりあえず珈琲《コーヒー》でも買って出直すとしよう。

——数分後。


「さて、まずは任務ご苦労と言っておこう。怪我《けが》も無くと言いたかったが、今回に関しては相手が悪い。命があったことを喜ぶべきだ」

「っていうか、一番重症だったあんたがなんで1日で動けるようになってんだ」

「昔から傷の治りが早いんだ」

衣吹を事実で適当にあしらい、オレが本題に入る前に青葉が切り出した。

「それで、仕事はこれからどうするんですか？」

「ああ、そのことについて話しておこうと思っていた」

オレは椅子に座り、それぞれに指示を下す。

「まず、衣吹と幽々子は完全療養だ。完治するまで現場には出さん」

「まあ、妥当だな。オックス撃った瞬間に骨バッキバキとかだったら笑えねぇ」

衣吹は納得したようで、肩を竦めて両手に視線を落とす。最新の医療はすごいもので、指は手術でくっついたようだ。

日常生活すらままならなくなる怪我であれば、当分50口径の銃など撃てるわけもない。

「自分はいけるッス！　動いてないと腕が鈍るんで！」

対照的に、幽々子はやる気が溢《あふ》れていた。

「その怪我では許可できんな」

「……自分は、働かないと、いる意味ないんで」

いや、このどこか怯《おび》えているような表情は、仕事をしない間に自分の居場所がなくなるんじゃないかと思っているワーカホリック的思考だな。

ネットでの居場所を気にする人間のような思考。

なんとなくそう言うだろうということは予測していた。

というわけで幽々子を黙らせるカードを切ることにした。

「幽々子、オレとの約束を覚えているか？」

「はい？　約束……ですか？」

「お前がオレの腕で眠る時、って約束だ」

「覚えてるッスけど、自分まだ死んでないッスよ？」

どうやらオレの言葉遊びに気づいていなかったようだ。まあ半分こじつけというか、屁理屈《へりくつ》のような言葉遊びだが、充分効果は発揮するだろう。

「では、一語一句違《たが》わず伝えよう。『お前がオレの腕の中で眠る時、お前は死んだものとして処理しよう』だ」

「ッス。覚えてるッス」

「幽々子を回収した時、お前はオレの腕の中で眠ったな」

「……あ、え、じゃあ……えええ～……」

幽々子は両手で顔を覆《おお》い、蹲《うずくま》った。

「何だ？　何のことだ？　おい答えろ」

「さあ？　私たちには関係ないことなんじゃないですか」

「あーしもあんまり興味ねーな」

横の3人が姦《かしま》しいが、放っておこう。ふうかはともかく、興味ないと言った衣吹と青葉も耳を傾けるのなら、堂々と聞けばいいんだが、年頃《としごろ》と言うやつなのだろう。

「それで、オレがその後に言った言葉は覚えているか？」

「お、覚えてまッス……」

「興味津々な奴らが4人もいるから聞かせてやれ」

扉の向こうで聞き耳を立てている奴にもな。

「……自分が死んだら、この体も魂も、全部先輩のもの……ッスね。あはは……」

「つまり腕の中で眠り、死者として処理された幽々子の体も魂もオレのものということだ」

照れが有頂天に達したのか、幽々子は場の沈黙に耐えきれず頰を掻《か》く。

沈黙が続く理由は部屋の中で耳を傾けている3人が、オレに不躾《ぶしつけ》な視線を向けていてリアクションをとっていないからだろうな。早く何か反応してやれと言いたい。

「変態」

「不潔」

「職権濫用」

「うむ。と言うわけで、オレがお前の主人だ。忍者は主人の命令には絶対服従だったな」

「はぃ」

解せない罵倒《ばとう》を全力でスルーし、オレは話を進める。

「命令だ。しっかり療養し、体調を完璧《かんぺき》にしろ。心配するな。お前の仕事がなくなることはない。幽々子が生きている限り、オレはお前を頼りにしている」

「……ッス」

その言葉が聞けただけで充分だ。

オレは病室を後にする。扉を開けて廊下に出て、隠れている人物に声をかけた。

「詩織、後は任せる」

「……もう、いつから気づいていたの？」

「聞き耳を立て始めた時からだ。扉に耳をつけるときは最大限の注意を払った方がいいぞ」

「それに気づくのはあなただけよ」

詩織は溜息《ためいき》を吐《つ》き、オレの目を見据える。

「立ち直って、いい顔になったわね。学園に来たときよりも一段とたくましくなったわ」

「ああ、おかげで色々吹っ切れた。あんたには感謝している」

「先生に感謝してるなら、今夜晩酌に付き合ってくれてもいいのよ？」

「やめておこう。この国ではオレはまだ未成年だ。それに、詩織は酒癖が悪そうだ」

「ほんと、可愛くない」

詩織はそう吐き捨てて病室に入っていった。

明るく姦しい会話を背に、オレは屋上へ向かい、ふと考える。

マスターはクラスの連中とは仲良くしろと言った。それはなぜか。

マスターはオレに生き方の一つを提示したのだろう。武器としてではなく、道具としてではなく、1人の人間としての生き方を示すためだ。

これからも、オレが人としての当たり前を享受していいものかは未《いま》だ疑問だが。

今は、そんな人生を楽しむとしよう。


【了】

最重要機密書類
CONFIDENTIAL

紫蘭学園在籍生徒

羽黒 潤

Haguro Jun

所属	実働A班
ポジション	執行官《フィクサー》
年齢	19
身長	186cm
出身	イエローアイリス
武器	HK45、PGM.338、M9コンバットナイフ
目標	イエローアイリスの壊滅
特技	狙撃の為の忍耐、珈琲を淹れること
弱点	デリカシーがない(本人はあると思っている)
備考	イエローアイリスから受けた暗示が日常生活に支障をきたさないように薬隠狐が強力な暗示で上書きしていたが、今回の一件により無事に暗示が解けた。

以上

最重要機密書類

CONFIDENTIAL

紫蘭学園在籍生徒

槐 幽々子

Enju Yuyuko

所属	実働A班
ポジション	特殊工作員
年齢	16
身長	165cm
出身	忍者の里
武器	スコーピオンEVO3、スローイングナイフ
目標	主人に仕えること
特技	あやとり、かくれんぼ、擬態
弱点	真っ向勝負
備考	羽黒潤と交わした約束が言葉遊びじみた解釈により履行されたと見做されたことで、彼を主人と認めることとなった。

以上

あとがき

初めまして、泰山北斗《たいざんほくと》です。

この度は「異端な彼らの機密教室」を手に取っていただき、ありがとうございます！

本作が受賞し、出版されるまでに、さまざまな艱難辛苦がありました。

タイトルが変わり、キャラの名前が変わり、なんならキャラが消えたりと、イベントが絶えない濃密で壮絶な時間でした。

この物語は特殊な環境、特殊な職業に身を置いた少年少女たちの物語です。

銃という暴力装置を手にした彼らは、彼らなりの葛藤を以て仕事を完遂するわけですが、そこには少年らしからぬ葛藤や、少女らしい葛藤があります。要するに何が言いたいかというと、人が悩んでいる姿っていいよねってことです。何かに悩んでいる姿は美しいのです。

アクションシーンも豊富だった本作、殴打、切断、銃撃、ありとあらゆる攻撃方法がある昨今、あなたの好みはどれですか？　僕は銃です。

これからも銃をガンガン出していきますので、分からない銃が出てきた時は検索していただけると物語の解像度が少し上がると思います。

謝辞の前に最後に一言。

あとがきって何書けばいいんですかね……？

以下、謝辞を述べさせていただきます。


nauribon先生、素敵なイラストの数々、ありがとうございます！

キャラの像がはっきりしてくる度、1人で悶えていました。女の子の肉感、最高です。

それと、銃なんて作画カロリーの高いものを描いていただいてありがとうございます！

できるならば直接課金したいところではありますが、それはまた別の機会に。


担当編集の及川さん。

右も左も分からぬ僕に、的確な指示をありがとうございました。

そしてこれからも、僕の筆が折れぬ限り、ご迷惑をかけ続けていきたいと思っております。

第15回GA文庫大賞の選考に携わっていただいた皆様、そして出版に関連する皆様方に改めて謝辞を。この場を借りて心より感謝申し上げます。


最後に読者の皆様。手軽に暇が埋められるこの時代にライトノベルというジャンルを、その中から本作を手に取っていただきありがとうございました。

そしてこれからもよろしくお願いします！

ファンレター、作品の
ご感想をお待ちしています

〈あて先〉

〒105－0001
東京都港区虎ノ門２－２－１　住友不動産虎ノ門タワー
SBクリエイティブ（株）
GA文庫編集部 気付

「泰山北斗先生」係
「nauribon先生」係

本書に関するご意見・ご感想は
右の QR コードよりお寄せください。

※アクセスの際や登録時に発生する通信費等はご負担ください。

https://ga.sbcr.jp/

異端な彼らの機密教室1　一流ボディガードの左遷先は問題児が集う学園でした

発　行　　2024年1月31日　初版第一刷発行
著　者　　泰山北斗
発行人　　小川　淳

発行所　　SBクリエイティブ株式会社
〒105−0001
東京都港区虎ノ門2-2-1 住友不動産虎ノ門タワー
電話　03−5549−1201
03−5549−1167（編集）

装　丁　　AFTERGLOW

印刷・製本　中央精版印刷株式会社

ISBN978-4-8156-2342-5
Printed in Japan　　GA文庫

隣のクラスの美少女と甘々学園生活を送っていますが
告白相手を間違えたなんていまさら言えません2

著：サトウとシオ　画：たん旦

GA文庫

「なんで光太郎《こうたろう》君がADに!?」「いやぁ。断れなくて、つい」

女優としての仕事を始めた花恋《かれん》の仕事現場になぜかしっかり溶け込んでいる光太郎。撮影スタッフと間違えられ、有能すぎるアシスタントとして本職からも大絶賛。おかげで仕事でもプライベートでもずっと一緒にいられると、光太郎にベタ惚れな花恋は可愛さ爆発の大はしゃぎ！

そこに光太郎を諦めきれない深雪《みゆき》や、ドラマの共演者・千春《ちはる》、さらには光太郎推しのクラスメイトたちも加わって、撮影現場はかつてない混沌を極めた修羅場になっていく！

誤告白から始まった恋心が止まらない、超特急ラブコメディ第2弾!!

第1位
お隣の天使様にいつの間にか駄目人間にされていた件
著／佐伯さん
画／はねこと
第5位
新作3位
透明な夜に駆ける君と、目に見えない恋をした。
著／志馬なにがし
画／raemz
このライトノベルがすごい！2024
（宝島社刊）
GA文庫から続々ランクイン!!!
第12位
新作8位
不死探偵・冷堂紅葉
01.君とのキスは密室で
著／零 雫
画／美和野らぐ
第11位
ダンジョンに出会いを求めるのは間違っているだろうか
著／大森藤ノ
画／ヤスダスズヒト